LUC BLANVILLAIN

LE JOURNAL DE Raymond le démon

1. OÙ EST LE MAL ?

Illustré par Sarah Vignon

neuf
l'école des loisirs
11, rue de Sèvres, Paris 6e

Loi n° 49.956 du 16 juillet 1949 sur les publications destinées à la jeunesse : février 2021
Dépôt légal : février 2021
Imprimé en France par Aubin Imprimeur à Ligugé

ISBN 978-2-211-31206-6

lundi

Repose ce livre.

Allez, vas-y, repose-le. Je suis sûr que tu as mieux à faire, non ? Ta console t'attend, ou ton vélo, ta télé. Ce bouquin, c'est sûrement tes parents qui te l'ont offert, ou ta grand-mère, ou une vieille tante que tu n'aimes pas tellement. Toi, tu n'avais rien demandé. Alors, débarrasse-t'en, cache-le sous un meuble, fais-le tomber dans les toilettes, bon débarras.

Tu insistes ?

Tu veux quand même le lire ?

Tout ça parce que tu as vu sur la couverture qu'il avait été écrit par un démon. Tu t'es dit : « Un démon ! N'importe quoi ! »

Mais tu te poses des questions, bien sûr. Tu te demandes s'il peut *vraiment* s'agir du journal d'un démon. Les adultes mentent tellement.

Ton hypothèse, c'est que l'auteur est un humain tout à fait normal, chauve à lunettes comme tous les auteurs et les autrices, et qu'il essaie de se faire passer pour un démon dans le but de vendre des tonnes de livres et de soutirer de l'argent aux vieilles tantes.

Tu es un malin, toi, hein ?

Tu crois qu'on ne peut pas te faire croire n'importe quoi.

Eh bien, tu as tort.

Je veux dire : tu as tort parce que, oui, je *suis* un démon.

Un démon pour enfants, mais un démon quand même. La preuve, je m'appelle RZSQ-SODIUFQSX. Ça s'écrit comme ça s'éternue.

Je t'arrête tout de suite, petit malin. Tu crois connaître les démons parce que tu as vu des images ridicules de créatures infernales équipées d'ailes, de fourches, de griffes, de cornes, qui s'amusent à embrocher les gens dans des enfers sinistres comme des parcs d'attractions pour sorcières.

Alors voilà, c'est complètement faux.

Nous, les démons, nous sommes invisibles. Immatériels, même. Ce qui signifie qu'on ne peut pas nous toucher. Par exemple, là, tu mets ton doigt dans ton nez en lisant. Et, au passage, ton bras traverse mon corps. Oui, parce que je suis assis sur tes genoux. Je peux être partout où je veux, quand je veux. À plusieurs endroits en même temps, si ça m'amuse.

Très pratique, pour surveiller mes lecteurs.

Ce serait bien que tu arrêtes, d'ailleurs, de mettre ton doigt dans ton nez (et parfois dans le mien), c'est un peu écœurant, à la longue.

Merci.

Qu'est-ce que je disais ?

Ah, oui, les démons. Donc, moi, je suis démon pour enfants. Pour jeunes, disons. Je ne les torture pas, je ne les grille pas au barbecue. Non, pas du tout. Mon travail à moi, c'est de les tenter.

De les tester. De les inciter à être détestables. À commettre ce que les hommes appellent des « bêtises ». Des erreurs. C'est grâce à moi (et à mes collègues, nous sommes innombrables) que les petits humains commencent très tôt à faire n'importe quoi. À se détruire les dents et le cerveau en se bourrant de sucre, à s'insulter, à se harceler, à se taper dessus, à s'abrutir. Nous sommes très utiles. Sans nous, il n'y aurait pas de guerres, pas de pollution, pas d'horribles villes grises et enfumées. La Terre serait paisible, chacun essaierait d'aider les autres, de créer de splendides œuvres d'art, de protéger la nature.

L'enfer.

On ne remercie jamais assez les démons.

Mais, en ce moment, j'ai un problème. Un énorme problème, même.

Une fille.

C'est la raison pour laquelle j'ai décidé de tenir un journal. Ce sera, à ma connaissance, le premier journal de démon pour enfants.

J'ai besoin de mettre mes idées noires sur blanc, ça m'aide à réfléchir.

Une fille, disais-je.

Jusqu'ici, tout allait bien. Je n'avais qu'à m'approcher de l'oreille des enfants et y glisser mes conseils : « Vas-y, pince ton petit frère, il ne te dénoncera pas, il n'a que trois mois, profites-en », ou : « Le paquet de bonbons que tu cherches partout est caché dans le tiroir de ton père, sous sa pile de caleçons. Fonce ! »

Aucun ne me résistait. Aucun. Sans me vanter, je suis un bon démon. Un excellent. Un des meilleurs. Voilà pourquoi, d'ailleurs, mon chef m'a convoqué.

Oui, parce que nous avons des chefs. Sur ce point, les démons ne sont pas mieux que les hommes. Donc, il y a quelques jours, mon chef me convoque. Il est invisible aussi, mais pas pour moi, bien sûr. Son bureau, empli d'objets (invisibles aussi), se trouve dans la cuisine d'une vieille dame. Mon chef raffole du parfum du poireau en train de bouillir. De temps en temps, la vieille dame capte vaguement nos paroles. Plus les personnes âgées deviennent sourdes, mieux elles perçoivent les bruissements du monde invisible. Celle qui vit chez mon chef est persuadée qu'il y a des fantômes dans sa cuisine. Mais, comme tout le monde la croit un peu folle, ça ne pose pas de problèmes.

Petit lecteur, si tu penses que des fantômes hantent ta chambre, rassure-toi : ce sont juste des démons.

– Ah oui ?

Je souris modestement, je me trémousse et renverse la bouteille de vin de la vieille dame, qui sursaute. Par chance, elle croit que c'est sa faute, à cause de ses mains qui tremblent. Nous sommes immatériels, c'est vrai, mais pas complètement, semble-t-il.

– Oui, répond mon chef. Rien que sur les deux mille dernières années, vous avez fait faire d'énormes sottises à un million et demi d'enfants, soit environ deux par jour.

J'acquiesce en baissant les paupières. (Les démons ont de grosses paupières pleines de boutons, heureusement que tu ne les vois pas.)

– Je pensais vous proposer une promotion, m'annonce mon chef.

– Une promotion ?

Je bondis de joie et écrase le ventre de la vieille dame. Elle fait hhouff! en crachant son dentier dans la soupe. Une promotion, c'est toujours très intéressant, pour un démon. Ça signifie que je vais peut-être devenir *démon pour adultes*, provoquer de *vrais* crimes, intervenir sur des champs de bataille, causer des accidents… Bref, des perspectives fabuleuses.

– Mais il y a une condition, précise mon chef.

Et là, il me sort la photo d'une fille.

LA fille.

Anne-Fleur Berzingue. Pourtant, elle n'est pas très impressionnante, à première vue. Plutôt moche, comme toutes les humaines, de grands yeux verts à longs cils, une bouche en forme de cœur, des cheveux bruns ondulés.

– Oui ? je demande.

– Cette fille, m'explique mon chef, ravi, PERSONNE n'a jamais réussi à lui faire commettre la moindre méchanceté. Personne.

Là, j'éclate de rire. Peut-être un peu trop fort. La vieille dame sursaute, jette un coup d'œil à la télé éteinte et tourne le bouton de son appareil auditif.

– Ça vous amuse, RZSQSODIUFQSX ?

– Non, chef, mais, franchement, elle ne me paraît pas bien compliquée, cette petite.

– Ah non ? Eh bien, à vous de jouer. Quand vous aurez réussi à lui faire quitter le droit chemin, vous aurez votre promotion. Pas avant.

J'ai dit d'accord et je suis parti en souriant, persuadé que c'était dans la poche.

J'avais tort.

lundi, encore

Tout a commencé la semaine dernière, donc. Si je ne le raconte qu'aujourd'hui, c'est que je suis au point mort, et c'est très embêtant pour un démon.

La semaine dernière, j'y croyais encore. À peine sorti du rendez-vous avec mon chef, je me téléporte chez Anne-Fleur. Se téléporter, petit lecteur ignorant, c'est se déplacer instantanément dans l'espace. Un peu comme si on voyageait par SMS. Je n'avais pas d'idée précise, concernant la bêtise que je voulais lui faire commettre. Mais je savais que j'en trouverais une. J'en trouve toujours. Et j'adore improviser. C'est moins ennuyeux.

Justement, ma jeune victime s'ennuyait dans sa chambre. On était mercredi après-midi, elle avait déjà fini ses devoirs. J'ai consulté mes fiches, Anne-Fleur est en CM2. Leur maîtresse, pourtant, leur donne beaucoup de travail à faire à la maison, des recherches, des exposés, des lectures, des calculs. J'aime bien ce genre de maîtresse, parce qu'il m'est très facile de faire déraper leurs élèves. Je leur dis : « Allez, oublie cet exercice de maths, va plutôt te balader », ou « Cherche sur Internet, tu trouveras la réponse en deux secondes… » En général, l'enfant m'écoute. Peu à peu, ses résultats scolaires baissent, les parents sont convoqués, le gamin est puni. Quand je me débrouille vraiment bien, il rate complètement ses études et, dans le meilleur des cas, finit délinquant. Mais ne rêvons pas, ça ne marche pas à tous les coups.

Pour Anne-Fleur, justement, ça n'a pas marché. Ses devoirs étaient terminés, donc, et elle avait même pris de l'avance pour la semaine suivante, révisé quelques tables de multiplication, afin de se maintenir au niveau. Elle venait d'achever la lecture d'un gros bouquin d'au moins dix mille pages, des histoires d'humains qui combattent les forces du Mal, tombent amoureux et sauvent le monde à la fin. Rien à voir avec la réalité.

N'ayant plus rien à se mettre sous l'œil, elle rêvassait sur son lit. J'ai lu rapidement dans ses pensées : elle imaginait un nouveau système pour trier les ordures et transformer les trognons de pomme en carburant. Ridicule…

Et puis, elle a commencé à songer à son cousin. D'après mes fiches, elle a un cousin adolescent, presque adulte, en fait, qui habite dans son quartier. Un grand type pas plus beau qu'elle, mince, sportif, bronzé, champion de skate et slameur. Il possède également une moto, depuis peu. Anne-Fleur l'aime bien, j'ignore pourquoi.

J'ai ri sous cape (quand je ris sous cape, les objets vibrent, une affreuse statuette en plastique représentant un Pokémon est tombée d'une étagère, mais Anne-Fleur n'y a pas prêté attention) et je me suis transporté chez le cousin. Il était, lui aussi, vautré sur son lit, occupé à donner des coups de pouce à son téléphone portable. Je me méfie de ces appareils. Ils finiront par nous mettre au chômage. À cause d'eux, les jeunes ont de moins en moins besoin des démons pour oublier que la vie pourrait être belle.

Je me suis assis à côté de lui, et je lui ai chuchoté :

– Ta cousine s'ennuie. Va la voir et propose-lui de faire un tour à moto. Elle en rêve.

Le garçon a cessé son tapotement (Il écrivait à une certaine Louane, un message incompréhensible, dans une langue bizarre faite de débris de mots.) et il a haussé les épaules.

– Hors de question, a-t-il pensé. Elle est beaucoup trop jeune. Et je n'ai pas de casque à lui prêter.

Résistance classique. J'ai de nouveau ri sous cape, le téléphone a vibré, et il a cru pendant une seconde que quelqu'un l'appelait.

– Qu'est-ce que ça peut faire ? ai-je insisté. C'est marrant. Avoue que tu serais fier de lui montrer comment tu prends tes virages en pétaradant. Elle n'aurait qu'à bien s'accrocher.

Et ç'a suffi. Le garçon a interrompu sa conversation avec Louane en lui envoyant une espèce de petit dessin (une main jaune qui disait au revoir), il a enfilé son blouson, enfourché sa moto et le voilà parti chez Anne-Fleur. Trop facile ! À cet instant, je me voyais déjà retourner triomphalement trouver mon chef et obtenir ma promotion. Pour m'amuser, je suis monté sur le porte-bagages du cousin et nous avons foncé dans la ville en zigzaguant entre les voitures, en effrayant les personnes âgées qui traversaient la rue et en réveillant les bébés dès que c'était possible. (Je lui signalais par magie la présence des bébés et il donnait un grand coup d'accélérateur en passant sous leurs fenêtres. Savoureux.)

Arrivé sous celle d'Anne-Fleur, il a sifflé très fort et elle a ouvert son carreau. Ah, ah, bravo, les filles, c'est bien ce que j'ai toujours pensé, il suffit qu'un garçon à moto vous siffle pour que vous accouriez.

En fait non. Anne-Fleur était furieuse.

– Je t'ai déjà dit de ne pas siffler comme ça. Je ne suis pas un chien et mon père se repose. Si tu veux me parler, tu fais comme tout le monde, tu frappes à la porte et tu dis bonjour.

Il a ôté son casque et arboré un affreux sourire de star.

– Je voulais pas que tes parents sachent que je suis là.

– Ah non ? Et pourquoi ça ?

– Parce que je comptais t'emmener faire un tour.

Du pouce, il a désigné le porte-bagages où je me tenais toujours. J'ai fait coucou, mais Anne-Fleur ne m'a pas vu.

– Moi ? Sur ta moto ? Sans casque ? Tu rêves ou quoi ?

– Vas-y ! a répondu le cousin. (C'est une formule humaine qui peut vouloir dire à peu près tout.)

– Non. Je suis trop jeune et je tiens à la vie.

– Genre ! (Même chose.)

Je me suis envolé jusqu'à l'oreille d'Anne-Fleur.

– Allez, qu'est-ce que ça peut faire ? ai-je susurré. Il va rouler doucement. Et puis, il est tellement beau. Imagine que vous croisiez Bérénice. (Bérénice est l'ennemie mortelle d'Anne-Fleur, j'en reparlerai.) Elle sera verte !

– Mon but dans la vie n'est pas de faire verdir Bérénice, a-t-elle rétorqué.

– Pardon ? a demandé le cousin.

– Rien, je parle toute seule.

Anne-Fleur, étonnée, a regardé autour d'elle, comme si elle soupçonnait ma présence. Elle est forte, cette gamine. Très forte. J'en ai pris conscience à cet instant. J'ai quand même persévéré. Après tout, c'est mon boulot.

– Et puis, tu n'en as pas marre d'être une petite fille sage ? Tes parents t'étouffent, avec leurs interdictions, leurs précautions, leurs recommandations. Dans un an, tu es au collège ! Vis ta vie ! Embrasse la liberté !

– Je suis peut-être une petite fille sage, mais j'ai encore assez de jugeote pour faire la différence entre embrasser la liberté et me manger un réverbère à cause d'un cousin très beau, mais pas gâté question neurones.

Et elle a refermé la fenêtre.

J'ai ajouté quelques précisions sur la fiche d'Anne-Fleur.

tête : sur les épaules.

yeux : en face des trous.

langue : pas dans sa poche.

mardi

Qu'en dis-tu, petit lecteur ? Un conseil à me donner ? Non, bien sûr, tu es là, à lire mon histoire, à moitié endormi, la paupière tombante, la lèvre molle, piochant régulièrement dans un paquet de friandises à base de chimie et de graisse d'animaux écrasés. De temps en temps, tu souris. Le plus souvent, tu te dis que j'ai raison, pour les devoirs et tout ça. Anne-Fleur t'énerve un peu, tu aimerais bien qu'elle craque. Moi aussi, crois-moi. Moi aussi. Heureusement que tu ne recomptes pas régulièrement les friandises dans ton paquet. Je viens d'en gober trois, pour goûter. Pas mal. Pas mal du tout.

Je te comprends. Ah, au fait, les chaussettes qui disparaissent dans le lave-linge, tu sais ? Celles qu'on ne retrouve jamais ? C'est moi aussi qui les pique.

Bon, mais revenons à ma mission.

Bien sûr, après ce premier échec, je me suis consolé en me disant que mon idée n'était, de toute façon, pas excellente. Enfourcher la moto d'un cousin, c'est idiot, mais ce n'est pas méchant. Je m'étais imaginé que ce serait un premier pas, qu'à partir de là elle s'autoriserait d'autres mauvaises actions et finirait par boire de l'alcool ou voler de l'argent à ses parents (les deux, de préférence).

À un moment, j'ai failli retourner voir mon chef pour lui apprendre qu'Anne-Fleur avait tout de même plus ou moins traité son cousin de crétin et que ce n'était pas très gentil.

Mais non. Je me serais ridiculisé. On parle de bêtises, ici, de vraies, de graves.

Alors j'ai réfléchi pendant presque toute une semaine, j'ai observé Anne-Fleur, sa vie, ses habitudes, ses amis. (Bizarrement, pour une fille gentille, elle a beaucoup d'amis.) Et j'ai eu une nouvelle idée.

C'est la fameuse Bérénice qui me l'a donnée. Il faut que je dise un mot d'elle, d'ailleurs. Elle, ce n'est pas une amie d'Anne-Fleur, oh non, c'est une hyène, une vipère, une mygale.

Une humaine normale, en somme. Une humaine comme je les aime : bavarde, jalouse, hypocrite, gourmande, sotte, de celles qu'on retrouve ensuite dans les émissions de téléréalité ou dans les magazines de mode. Elle m'est très sympathique. Je n'ai aucun mal à la manipuler. Je l'ai fait, d'ailleurs, pour me rassurer sur mes pouvoirs. Je lui ai demandé de mettre du sel discrètement dans la crème à la vanille d'une petite de CE2, à la cantine, elle l'a fait. Elle a aussi accepté avec gourmandise de faire un croche-pied à un CP timide qui boitillait dans la cour de récré parce qu'il avait fait une mauvaise chute la veille. La deuxième ne lui a pas réussi. Il a une jambe dans le plâtre,

Bérénice
BAVARDE
JALOUSE
HYPOCRITE
SOTTE
GOURMANDE
VIPÈRE
LOL

depuis. Bref, Bérénice est adorable. Avec elle, j'aurais eu ma promotion direct.

Évidemment, elle déteste Anne-Fleur et fait tout pour lui nuire tout en prétendant partout qu'elle est sa meilleure amie. Parce que, comme je l'ai dit, Anne-Fleur est plutôt populaire. Et, comme elle rend service à tout le monde, les gens n'aiment pas qu'on la traite mal. Bérénice l'a compris et s'efforce de lui causer du tort en cachette. Logique. J'aurais fait pareil à sa place. Je l'ai vue cacher un vieux roquefort à moitié liquide dans le sac de sport d'Anne-Fleur, par exemple. Belle réussite. Dans les vestiaires, tout le monde était à deux doigts de tourner de l'œil.

Mais, à part ça, pas grand-chose. Anne-Fleur aussi déteste Bérénice, bien sûr. Pourtant, elle ne s'attaque jamais à elle, n'en dit jamais de mal et la salue poliment tous les matins. Même après le coup du roquefort (elle a tout de suite deviné qui était la coupable), elle n'a pas cherché à se venger.

Alors je suis allé farfouiller un peu chez Bérénice. Dans sa chambre et dans ses pensées.

Bon, j'ai découvert quelque chose qui m'oblige à nuancer ce que j'ai écrit plus haut. Ça m'agace, j'ai horreur des nuances, mais je le note quand même, ça peut servir : si Bérénice est si méchante, c'est (prétend-elle) parce qu'elle a perdu son grand-père quand elle avait huit ans. Elle adorait son grand-père, il l'emmenait en balade en bateau, en ballon, et il est mort brutalement d'un arrêt du cœur. Depuis, Bérénice affirme qu'elle en veut au monde entier, et patati et bla-bla-bla. Personnellement, je ne vois pas le rapport entre la disparition d'un papi et la dissimulation d'un roquefort dans un sac de sport, mais le cœur humain est trop compliqué pour moi. Je ne suis qu'un démon.

En tout cas, Bérénice tient un journal intime (comme moi !) depuis le décès de son aïeul. Pour « m'aider à supporter ma solitude », note-t-elle. Je l'ai lu. C'est mal écrit, plein de fautes d'orthographe, mais plutôt intéressant. J'y ai relevé un détail qui pourrait m'être utile. La petite Bérénice, toujours depuis la fameuse crise cardiaque de l'ancêtre, a PEUR DE LA NUIT !

Ha ! Ha ! La honte totale ! Peur de la nuit ! Au point qu'elle a besoin de savoir ses parents tout près d'elle lorsqu'elle va se coucher, au point d'exiger toujours de dormir la lumière allumée ! Elle garde jusqu'au matin un petit cochon en peluche rose serré sur son cœur et rejoint papa maman dans leur lit quand elle est trop anxieuse. Ce qui fait qu'elle est obligée de refuser, chaque fois qu'une copine l'invite à passer la nuit chez elle ! Pas de soirées pyjama ! Elle invente des prétextes, et, jusqu'à présent, ses amies la croient. Elle, l'*influenceuse* de la cour de récré ! La vedette ! Qui prétend n'avoir peur de rien ! Ce que j'ai pu rire avec ça. Et elle a l'imprudence de le consigner dans son carnet. À partir de là, mon plan s'est mis en place tout seul.

D'abord, je lui ai suggéré d'emporter son journal intime à l'école. Pourquoi ? Eh bien…

Au cas où son papi lui manquerait trop, où elle aurait un coup de cafard, où elle aurait besoin de noter ses états d'âme en urgence. Mon idée lui a paru excellente. Ni une ni deux, elle a glissé le volume dans son sac.

Et, une fois à l'école, je me suis arrangé pour qu'elle l'oublie sur un banc, dans la cour, juste avant qu'Anne-Fleur ne vienne s'y asseoir.

Puis j'ai murmuré à Anne-Fleur :

– Regarde, c'est le journal intime de ta pire ennemie, vas-y, lis-le, pique-le, c'est passionnant. Son contenu est une véritable bombe, il y a des révélations explosives. Avec ça, tu pourras la faire chanter ou, si tu préfères, l'empêcher de t'embêter en la menaçant de révéler ses pires secrets.

Pendant une longue seconde, j'ai cru que j'avais gagné. Anne-Fleur a baissé les yeux vers le cahier, ses pupilles se sont crispées, ses doigts raidis, ses mâchoires serrées.

– Non, a-t-elle murmuré. Non, pas question. Ça ne me regarde pas.

J'ai soupiré dans son oreille, tellement fort qu'elle a eu chaud au tympan.

– Mais, bon sang, n'importe qui à ta place jetterait au moins un petit coup d'œil. Ouvre-le, tourne quelques pages, rien de bien méchant!

Au moment où j'allais me décourager, le vent est venu à mon aide. (Le vent est parfois sympa avec les démons, quand il fait naufrager les bateaux ou arrache les toits des maisons des pauvres. Des fois, au contraire, il produit de l'électricité non polluante. On ne peut pas se fier à lui, c'est une vraie girouette.) Là, il a soufflé mollement, et le journal intime s'est ouvert pile à la page de la peur de la nuit.

Et ma chère petite Anne-Fleur n'a pas pu s'empêcher de lire. C'est bien fait, à force d'avaler des bouquins énormes, elle est droguée aux mots. Dès que ses yeux en croisent, ils se jettent dessus et les dévorent.

Donc, bien malgré elle, elle a découvert le honteux secret de sa rivale. Je n'avais pas tout perdu.

TOP SECRET
COOL
BÉRÉNICE
OUH! J'AI PEUR
DU NOIR!
LA HONTE!

TOP SECRET

J'ai eu une bouffée d'optimisme. Brève. Très brève.

Elle a ramassé le cahier et l'a rapporté à Bérénice.

Celle-ci s'est aussitôt empourprée comme un doigt tailladé.

– Tu l'as lu ? a-t-elle rugi d'une voix d'hyène, de vipère et de mygale. (J'imagine que la vipère et la mygale ont une toute petite voix, mais hyper désagréable.)

– Non, a répondu Anne-Fleur.

Ha, ha ! Mensonge ! Elle en avait lu une partie ! Et quelle partie ! Toutefois, je ne pouvais pas espérer faire valider ce mensonge par mon chef, puisqu'elle l'avait fait *dans une bonne intention*. C'est le problème avec les mensonges. Il y en a des gentils. Comme quand tu dis à tes parents, petit lecteur, que tu adores aller passer le dimanche après-midi chez ta vieille tante.

Bérénice a arraché le carnet des mains d'Anne-Fleur, avant de la foudroyer du regard (mais en souriant quand même, parce que, je rappelle, elle prétend être son amie ; ce qui a produit une expression bizarre, comme si elle souffrait d'une attaque brutale de constipation).

– Merci, a-t-elle dit, sur l'air de *va mourir*.

Il ne s'est pas passé grand-chose d'autre, aujourd'hui. Mais j'ai bon espoir que mes affaires avancent, demain. Très bon espoir, même.

mercredi

Il y a un truc que je dois te dire, petit lecteur, c'est que ce n'est pas forcément une bonne idée de demander à tes parents de te lire mon journal à voix haute, dans ton lit, le soir. Je sais bien pourquoi tu le fais : d'abord parce que tu es tellement feignant que le fait de tourner les pages te fatigue les doigts, ensuite parce que ça te rappelle le bon vieux temps, quand tes parents te lisaient des histoires pour t'endormir. Mais d'abord, comme tu as pu le constater, tes parents ne peuvent pas s'empêcher de faire des commentaires toutes les trois minutes sur mon histoire. Ils te demandent ton avis tout le temps, et t'interrogent, par exemple, sur ce que tu aurais fait à la place d'Anne-Fleur. (Moi, je le sais parfaitement, tu aurais lu d'un bout à l'autre le journal de Bérénice, tu ne le lui aurais jamais rendu et tu l'aurais fait enrager après. Ne nie pas, je lis dans tes pensées, je te rappelle.) L'autre problème, c'est que ton père lit très mal. Il essaie d'imiter la voix des gens, et celle qu'il imagine pour moi (un mélange entre celle de Donald et du méchant dans *Star Wars*) commence franchement à m'énerver. Vire-le de ta chambre, bon sang ! Cette histoire ne le regarde pas.

Je te disais donc que j'avais bon espoir que mes affaires avancent.

Parce que, forcément, même si elle n'avait pas l'intention de lire une ligne du journal, Anne-Fleur sait. Et pas moyen d'oublier volontairement, les humains n'ont pas ce pouvoir.

Elle détient une information capitale : Bérénice, le top model de la classe, celle qui ne parle que de mecs, de *fringues*, de *phones* et de rouges à lèvres, celle qui fait semblant d'être nulle en classe tout en s'arrangeant pour rafler les meilleures notes (c'est compliqué, mais elle y arrive), bref, la fille la plus *cool* de l'école a peur de la nuit.

Le reste du journal intime ne présente aucun intérêt, à part, peut-être, la liste des garçons que Bérénice juge *craquants* (elle s'arracherait elle-même un orteil à coups de dents plutôt que de l'avouer), ou des pages assez poétiques sur la vie.

Mais l'essentiel n'est pas là. L'essentiel, disais-je, c'est qu'Anne-Fleur sait.

Combien de temps résistera-t-elle à la tentation de le révéler à tout le monde ? Ou au moins à certaines personnes choisies ? Comment va-t-elle s'empêcher d'humilier sa meilleure ennemie ? Surtout si je l'aide à céder ?

Un peu méfiant depuis l'épisode du cousin, j'ai ravalé mon orgueil et concédé que ce ne serait pas forcément facile. Ma tactique serait la suivante : suggérer à Bérénice d'exaspérer, de provoquer Anne-Fleur en permanence jusqu'à ce que celle-ci craque et balance publiquement l'affaire de la peur du noir et du cochon en peluche.

Là, ça ferait mal.

Mon chef serait content, j'aurais enfin ma promo, et bye-bye, les gosses, avec vos misérables secrets.

Donc, ce matin, tandis que Bérénice se dirige vers l'école en fredonnant une chanson à la mode, je lui conseille de chercher des poux à Anne-Fleur. « C'est vrai, quoi, pour qui elle se prend, cette pimbêche ? De quel droit elle te rapporte ton journal intime, comme ça, sans même l'ouvrir ? Quel mépris ! Quelle arrogance ! Et puis, regarde comme elle fait la fière avec ses yeux en amande, sa bouche en fraise et sa peau caramel ! Franchement ! On dirait un brownie ! Arrête un peu de la ménager tout le temps. Si tu t'y prends bien, les autres comprendront qu'elle ne vaut pas un clou, et elle perdra tous ses amis. »

Ce genre de choses.

Donc Bérénice arrive hyper remontée à

l'école, et se dirige droit vers Anne-Fleur, occupée à parler du réchauffement climatique avec une bande de gamins très motivés pour trouver des moyens de lutter contre la pollution. (Il va vraiment falloir que nous autres, démons, on fasse très attention, sinon les enfants finiront par sauver le monde. C'est épuisant.)

– Qu'est-ce qu'on s'en fiche, du réchauffement, a proclamé Bérénice. C'est des blagues, tout ça ! Y a pas de preuves !

Bien vu. Anne-Fleur est très chatouilleuse sur l'écologie. Il y a d'autres sujets qui pourraient la faire sortir de ses gonds : les inégalités, la misère, les femmes maltraitées. Elle est très pénible, je vous dis. À son âge, franchement, les enfants d'autrefois jouaient aux billes et décapitaient des poupées.

– Ah oui ? s'est énervée Anne-Fleur. Eh ben nous, on s'est renseignés et on sait qu'il y en a, des preuves, parce qu'on passe pas notre temps à mater des Yoyoteuses Beauté ou à prendre nos fesses en photo sur Instaclic.

Bon, c'est un peu exagéré. Bérénice ne prend pas ses fesses en photo, plutôt ses yeux ou ses coiffures. Mais c'est vrai qu'elle est en avance pour son âge, question Internet, à cause de sa grande sœur de quatorze ans. J'adore les grandes sœurs de quatorze ans, elles nous aident beaucoup, nous, les démons.

Bérénice a encaissé, avec un petit sourire. Elle préfère souvent les petits sourires aux grandes phrases, ça marche mieux.

– Excuse-moi, a-t-elle quand même fini par répondre, d'utiliser les moyens modernes de communication et de n'être plus une gamine.

J'ai vu deux étincelles de fureur s'allumer dans les prunelles d'Anne-Fleur. J'ai lu les pensées offusquées qui s'entrechoquaient dans son crâne. Bérénice venait de lui tendre une perche parfaite. Je lui ai soufflé la réponse: «Je suis peut-être encore une gamine, mais, moi, je ne suis pas obligée d'aller passer la nuit dans le lit de mes parents avec mon cochon en peluche tellement j'ai la trouille du noir.»

Quelque chose comme ça.

Ç'a failli marcher, je te jure. Elle a été tout près de la prononcer, ma petite réplique. Les premiers mots se sont formés sur ses lèvres, s'en sont même échappés dans un chuchotement, mais les autres n'ont pas suivi. Elle a juste murmuré:

– Je suis peut-être…

– Tu es peut-être quoi? a ricané Bérénice, bravache.

– Je suis peut-être trop bête, a soupiré Anne-Fleur.

– Enfin un éclair de lucidité !

Puis Bérénice a lâché son petit rire, un rire très méprisant et bref qui lui sort par le nez. Anne-Fleur a encaissé et retenu de toutes ses forces la suite de ma phrase. J'ai encore cru qu'elle allait céder, mais la sonnerie a retenti, mettant un terme à l'entretien.

Bon, au moins, entre elles, la guerre est clairement déclarée. C'est un progrès.

Je me suis battu toute la journée. À la récré suivante, j'ai de nouveau provoqué un accrochage entre les deux filles. J'ai suggéré à Bérénice de se moquer des vêtements d'Anne-Fleur, ce dont elle s'est chargée bien volontiers. Il est vrai que celle-ci ne se préoccupe pas beaucoup de sa tenue, ni des innovations de la mode. Elle porte des tennis de l'année dernière, un pull tricoté par son oncle, et ses jeans ne sont pas troués. Pourtant, les garçons la préfèrent à Bérénice. Largement, même.

J'ai tourné mes mots dans tous les sens. Bérénice pourrait peut-être la traiter d'épouvantail à moineaux ? Non. Les enfants d'aujourd'hui ne savent plus trop de quoi il s'agit. De clown ? Trop banal. Et puis, à ce que j'ai compris, les clowns ne font plus tellement rire. Ils jouent dans des films d'horreur. De clocharde ? Non, non, d'après ce que j'ai lu dans les têtes des élèves de la classe, personne n'aime qu'on se moque des pauvres. Quelle bande de dégénérés !

Finalement, je lui ai proposé une attaque en deux temps. Premier temps : « Eh, Anne-Fleur, tu t'es trompée de jour ! »

Là, Anne-Fleur devait répondre un truc comme : « Pardon ? », ou : « Pourquoi tu dis ça ? »

Et ensuite, Bérénice montrerait le pull tricoté en balançant : « C'est pas aujourd'hui, Halloween. »

Pour finir, un rire méprisant.

J'étais assez content de mon plan.

Mais il n'a pas fonctionné du tout.

Quand Bérénice a lancé : «Tu t'es trompée de jour », Nathan a cru qu'elle parlait du contrôle de maths. Nathan est un petit type très angoissé, il a toujours peur qu'il y ait un contrôle de maths. Il a hurlé :

– Quoi ? C'est aujourd'hui ? On a contrôle aujourd'hui ?

– Les mecs ! Y a contrôle aujourd'hui ! Juste après la récré ! a braillé son pote Louis, qui comprend systématiquement les choses de travers.

Un vent de panique a soufflé dans la cour.

– Qui a dit ça ? Qui a dit ça ?

– C'est Bérénice !

– Mais pas du tout ! a nié Bérénice. Je parlais d'Halloween.

Là, il y a eu un grand silence. Tout le monde s'est tourné vers elle et elle est devenue toute rouge.

– Je rappelais juste qu'Halloween, c'était pas aujourd'hui, a-t-elle expliqué d'une toute petite voix.

Au bout d'un moment, Anne-Fleur a dit calmement :

– Merci de ton aide, Bérénice. Qu'est-ce qu'on ferait sans toi ?

Fin de l'échange. Bérénice s'est éloignée en boudant.

Je me demande si je ne suis pas en train de perdre la main.

Je ne la tiens pas, ma promotion.

jeudi

Et voilà, ta mère s'en mêle, maintenant, petit lecteur. Elle demande pourquoi je t'appelle « petit lecteur » alors que, la plupart du temps, tu es une petite lectrice. Elle a raison. Avoue. Tu es presque toujours une fille. Et, si tu es un garçon, tu as à moitié honte de lire. Je le sais, ne nie pas. Ta mère affirme que je devrais écrire : « Petit lecteur ou petite lectrice. » Sinon, ajoute-t-elle, c'est sexiste. Ce qu'elle n'a pas l'air d'avoir bien compris, ta mère, c'est que je suis un démon. Elle n'y croit pas. Elle pense que le pauvre type dont le nom figure sur la couverture du bouquin est le véritable auteur. Tu n'as qu'à lui dire que les véritables auteurs n'existent pas.

Ce sont les démons qui écrivent les livres. Et après, vire-la de ta chambre, elle aussi.

Mon chef m'a convoqué à nouveau. Ce n'était pas bon signe. Généralement, nos chefs nous laissent tranquilles, se contentant d'un entretien tous les siècles, pour faire le point. Mais, à l'approche d'une promotion, c'est différent, bien sûr. Ils nous surveillent davantage. Je suppose que mon chef a, lui aussi, un chef, et que si j'échoue il va passer pour un imbécile. Peut-être même être puni et redevenir démon pour enfants. Quelle honte !

– Entrez, RZSQSODIUFQSX, m'a-t-il ordonné.

Je me suis assis timidement sur les genoux de la vieille dame, qui mangeait du hareng. Ça sentait fort, mais je n'ai rien dit, même quand les morceaux de poisson à demi moisis, piqués sur sa fourchette tremblante, me traversaient l'oreille en passant.

– Eh bien ? a commencé le chef. Où en êtes-vous ?

Je me suis crispé et j'ai pincé un peu trop fort le bras de la vieille dame, qui a regardé, surprise, un gros bleu se former lentement sur sa peau.

– Eh bien, ça ne se passe pas trop mal, chef. J'avance.

Le chef a haussé un sourcil. (Les sourcils des démons ressemblent un peu à de gros mille-pattes morts.)

– Vous plaisantez, j'espère ?

– Pas du tout, chef ! Anne-Fleur a failli révéler publiquement le secret de Bérénice. Ç'aurait été extrêmement cruel. Une véritable méchanceté.

– Exact, mais elle ne l'a pas fait.

– Elle… elle s'est moquée d'elle. Elle a parlé de ses fesses. Et, euh… d'Halloween.

J'ai senti que je m'enfonçais. Le chef m'a fixé, de ses gros yeux roses. Le dentier de la vieille dame broyait bruyamment son hareng dans le silence étouffant de la cuisine.

– N'oubliez pas, RZSQSODIUFQSX, que

si vous échouez vous n'aurez pas de nouvelle opportunité avant au moins dix mille ans. D'ici là, l'humanité aura peut-être été remplacée par les rats. Ou par les cafards. Ça vous dirait d'être démon pour cafards ?

– Non, chef.

Mieux valait ne pas faire le malin avec lui. J'ai baissé le nez en attendant que l'orage passe. Je pensais qu'il me renverrait après m'avoir sermonné. C'est ce qu'il fait d'habitude.

Une fois de plus, je me trompais.

– J'ai imaginé une nouvelle stratégie pour vous, RZSQSODIUFQSX, a-t-il repris.

J'ai levé la tête, brutalement, heurtant le menton de la vieille. Une bouchée de hareng a atterri sur la table en formica. Quand le chef *imagine des stratégies*, il faut s'attendre au pire.

Et là, pour le coup, j'avais raison.

– Vous allez vous incarner, m'a-t-il annoncé.

S'incarner, pour un démon (ou pour n'importe quelle entité surnaturelle), ça veut dire prendre une apparence humaine. S'équiper d'un corps. C'est extrêmement désagréable, et on ne le fait que dans des cas très particuliers.

– Mais pourquoi, chef? J'y suis presque, je vous jure! Il faut juste que je trouve la bonne méthode.

Il a hoché négativement la tête. Je savais qu'il ne changerait pas d'avis.

– Anne-Fleur n'est pas réceptive aux suggestions démoniaques. Elle s'intéresse à ses semblables, les humains. Vous allez donc prendre la forme d'un garçon.

Oh, bon sang, un garçon! Quelle humiliation pour un démon de mon âge! La pire des punitions, je le crains. Le chef a produit une liasse de papiers administratifs.

– Tout est là. Tous les documents. Votre carte d'identité, votre certificat de naissance. Vous vous appellerez Raymond. Raymond Le Démon. C'est rigolo, non? Et facile à retenir!

Il a ri et j'ai ri aussi, parce que le chef aime bien qu'on rie quand il rit.

Mais je lui ai tout de même fait remarquer

que, de nos jours, aucun enfant ne se prénommait Raymond.

– Justement, a-t-il contré, vous serez différent, donc intéressant. Anne-Fleur va adorer. D'autant plus que vous jouerez le rôle d'un petit orphelin malheureux, placé dans une famille d'accueil. Et vous débarquerez dans sa classe, « comme ça », en cours d'année.

– Mais… mais pourquoi j'arriverais dans son école comme ça ?

Il a poussé un soupir d'agacement. J'avais eu tort de poser des questions. Mieux vaut ne pas agacer son chef.

– Écoutez, RZSQSODIUFQSX, je ne vais pas vous mâcher tout le boulot. Je me suis déjà occupé des détails administratifs. Votre famille d'accueil vous attend à dix-sept heures. Ils sont très gentils, vous verrez.

– Et… mon corps ?

– Il se trouve dans la cave de cet immeuble. Une fois que vous l'aurez revêtu, vous n'aurez qu'à devenir le meilleur ami d'Anne-Fleur. Et là, croyez-moi, quand vous lui suggérerez de faire des bêtises, elle vous écoutera.

Je devais faire une drôle de mine, parce qu'il m'a posé son énorme patte sur l'épaule.

– Je fais ça pour vous aider, RZSQ-SODIUFQSX. S'incarner en enfant, c'est une expérience intéressante, avouez-le.

J'ai hoché la tête et je suis descendu chercher mon corps à la cave. C'était un corps normal de petit humain de dix ans. Il gisait avachi par terre. Je me suis incarné avec précaution. C'est très désagréable de prendre forme humaine. Au début, le corps est froid et peu mobile. Mais je me suis habitué assez vite. Bon sang, ce que c'est pénible, d'avoir une peau ! Ça gratte, ça pique.

Je me suis dirigé en ronchonnant vers la maison où m'attendait ma famille d'accueil.

RZSQSODIUFQSX
Raymond

jeudi soir

Finalement, j'ai peut-être eu tort de m'inquiéter. Ma famille d'accueil me plaît bien, et je dois avouer qu'un corps humain présente quelques aspects agréables. Par exemple, là, j'écris mon journal blotti sous une couette tiède. C'est douillet, une couette. C'est doux. Toi aussi, tu me lis sous ta couette, petit lecteur. Un affreux chat jaune ronronne sur ton ventre. Il y a un poster au mur, assez laid. Tes parents ont fini par te laisser tranquille. C'est bien. On progresse.

Le journal de Raymond le Démon, ça ne sonne pas si mal. C'est assez commercial. Tu adores, d'ailleurs. Mais maintenant, tu aimerais bien que j'arrête de faire des commentaires et que je continue mon histoire. Alors écoute-moi bien : je fais ce que je veux, d'accord ?

Où en étais-je ?

Ah oui. À mon arrivée chez ces gens. J'ai sonné. Une immense femme à lunettes m'a ouvert aussitôt. Elle portait une robe à grosses fleurs et un tablier à grosses fleurs.

– Raymond ! s'est-elle exclamée.

Elle m'a serré contre son cœur. Je perçois déjà bien les parfums, en temps normal, mais le fait de posséder un nez aiguise encore l'odorat. L'haleine de cette femme fleurie rappelait un peu le hareng de la vieille dame du bureau de mon patron, avec, en plus, une nuance de camembert.

– Bonjour, madame, suis-je parvenu à articuler.

J'ai un peu tressailli en entendant ma voix. C'était la première fois que j'avais une voix. Elle était flûtée, dissonante, ridicule. Ça commençait bien.

– *Madame !* a protesté mon hôtesse. Appelle-moi Marguerite. Et voici Raoul.

Elle m'a lâché et j'ai découvert, derrière elle, un petit homme en pantoufles et bretelles. Il m'a serré la main cérémonieusement.

– Bienvenue chez toi, Raymond.

J'ai avancé avec précaution dans un couloir mal éclairé, ravi d'entendre l'écho sonore de mes pas sur les dalles. Ils m'ont fait entrer dans leur cuisine, où m'attendait une mauvaise surprise.

Un garçon était assis à la table et mâchait vigoureusement de robustes tartines.

– Chalut, a-t-il grommelé sans me regarder.

Je me suis figé.

– Je ne comprends pas, ai-je dit. Il n'était pas prévu qu'il y *eût* quelqu'un d'autre !

Marguerite a posé les deux mains à plat sur son sein gauche.

– Tu entends comment il parle, Raoul ? « Qu'il y eût quelqu'un d'autre » ! C'est extraordinaire !

– Oui, a confirmé Raoul. C'est un imparfait du subjonctif. Rarissime à notre époque !

Un imparfait du subjonctif... Il allait falloir que je fasse attention. Quand je suis ému, j'ai tendance à mélanger les siècles. Plus personne n'utilise l'imparfait du subjonctif aujourd'hui.

J'ai rectifié le tir :

– Je veux dire, comment ça se fait qu'il y a un autre mec ?

Ils m'ont fixé en silence, apparemment peinés par mes progrès en vocabulaire.

– Cet autre m... Ce jeune homme est notre fils Brian, a expliqué Marguerite. Il s'entend très bien avec nos petits pensionnaires, en général, n'est-ce pas, Brian ?

Brian a continué de mâcher ses tartines sans répondre, me jetant de temps à autre un regard noir.

– Eh bien, a observé Raoul. J'ai l'impression que le courant passe bien entre vous.

– Oui, ai-je répondu, comme il passe bien entre une chaise électrique et un condamné à mort.

Brian a pouffé.

Un silence embarrassé s'installait, alors ils m'ont montré ma chambre. Elle était épouvantable. Vaste, claire, garnie de jolis meubles en pin, équipée d'un grand lit sur lequel trônait, aérienne, bombée, parfumée, la fameuse couette. J'aurais aimé un réduit moisi et putride, criblé de taches vertes, un placard sous un escalier, par exemple. Mais il faut savoir s'adapter.

– Si tu as besoin de quoi que ce soit, tu nous appelles. Les chocolats sur la table de nuit sont pour toi. J'ai pris un peu tous les parfums, ne connaissant pas encore tes goûts, a précisé Raoul.

Puis ils sont sortis, après m'avoir montré le cabinet de toilette, les serviettes blanches et propres, les savons colorés.

Pendant que je réfléchissais à l'histoire que j'allais servir à Anne-Fleur, demain, à l'école, pour expliquer ma présence dans une famille d'accueil, Brian est entré sans frapper.

– Je te préviens, m'a-t-il dit, j'aime pas trop ta tronche.

Je ne pouvais que lui donner raison. J'avais une tête un peu niaise, souriante, de grands yeux clairs et rieurs, des cheveux dorés. Je n'avais pas eu le choix.

– Comment se fait-il, ai-je demandé, que je ne t'aie encore jamais aperçu à l'école du quartier ?

Il m'a regardé bizarrement, en dévorant mes chocolats.

– J'aime pas trop comment que tu causes non plus, a-t-il ajouté.

Mais il a tout de même accepté de répondre.

– J'ai fait un peu de maternelle, autrefois, mais j'ai arrêté.

– Pourquoi donc ?

– J'ai dit à mes parents que tous les profs étaient nuls.

– D'accord.

– J'ai dit aussi que tous les élèves étaient nuls.

– Et ?

– Et méchants avec moi. Du coup, mes parents m'ont retiré de l'école. C'est eux qui me font travailler, le matin. L'après-midi, je joue sur ma console, je regarde la télé et je mange.

– Parfait.

– Ils sont cool, mes parents.

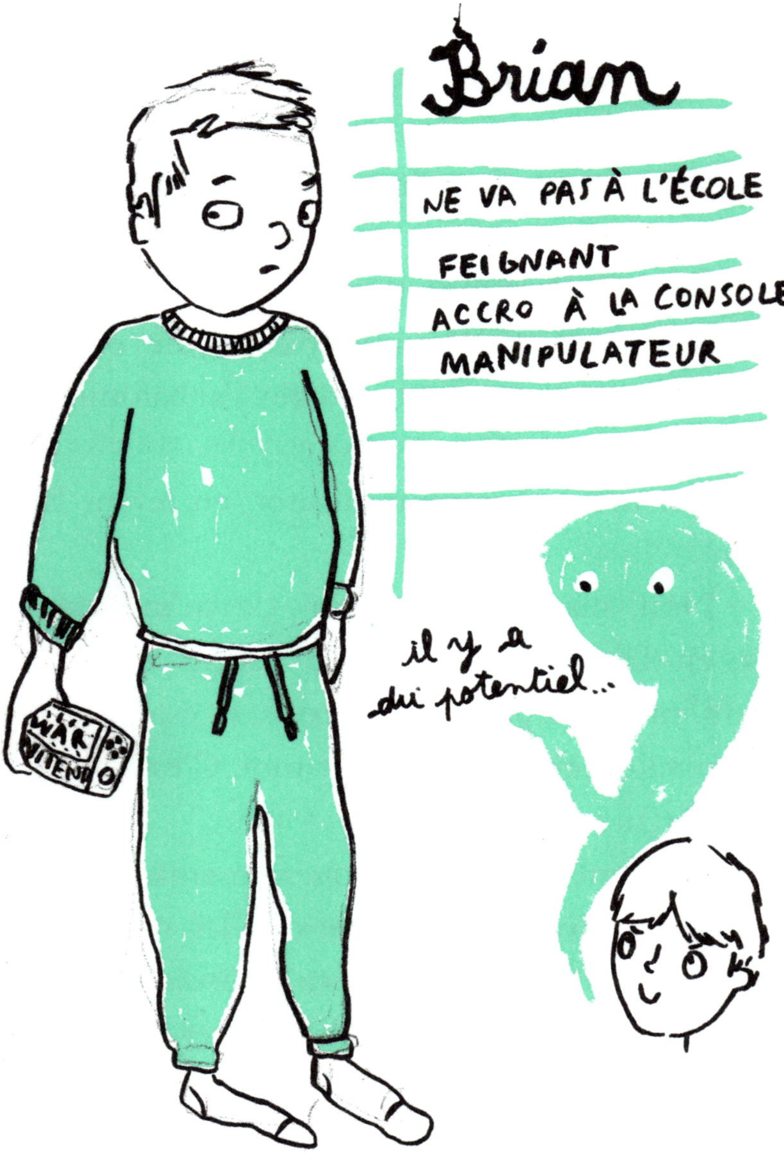
Brian
NE VA PAS À L'ÉCOLE
FEIGNANT
ACCRO À LA CONSOLE
MANIPULATEUR
il y a du potentiel...
WAR

– Je vois ça.

Ce Brian était tout à fait étonnant. Son pouvoir sur les auteurs de ses jours forçait l'admiration. Une vocation démoniaque, à n'en pas douter.

– Et toi ? Pourquoi t'es là ? s'est-il enquis.

Zut, bon sang. Je n'avais pas encore eu le temps d'inventer un récit crédible. J'ai bafouillé :

– Eh bien…

Brian m'a interrompu aussitôt, en levant la main.

– Non, mais laisse tomber. Ça m'intéresse pas, en fait. C'est ça que je voulais te dire. Tu m'intéresses pas, tu m'énerves, et espère pas qu'on va devenir potes, toi et moi. C'est clair ?

– Parfaitement clair.

Il est resté encore quelques instants à me regarder, l'air mauvais, comme s'il allait me flanquer une baffe. Puis il est sorti à reculons, sans me lâcher des yeux, avant de claquer violemment la porte.

Il me plaît beaucoup.

Et j'ai lu dans ses pensées : malgré tout ce qu'il a dit, je lui suis très sympathique.

Finalement, donc, je remercie mon chef. Non seulement j'ai peut-être une chance, dans ce corps, d'influencer enfin Anne-Fleur, mais, en plus, je sens que je vais bien m'amuser.

vendredi

Je rentre tout juste de l'école.

Tu aimes l'école, petit lecteur ? C'est une drôle d'invention, quand même, non ? Ces classes pleines de petits humains entassés comme des poules en batterie. Complètement inutiles, à mon avis. Les petits humains sont incapables de pondre un œuf.

Et pourtant, j'y ai passé une journée tout à fait formidable.

Je suis monté directement dans ma chambre pour en noter les principaux événements. J'ai tout de suite remarqué qu'elle avait été fouillée. Par Brian, évidemment. Mais j'avais pris la précaution de rendre ce carnet invisible. Brian m'a juste volé quelques billets que le chef avait cachés dans ma valise. Aucune importance.

D'accord, d'accord, tu veux que je raconte dans l'ordre.

Je t'embrouille.

Tu as un tout petit cerveau, je sais. Donc, ce matin, Marguerite et Raoul m'ont réveillé tôt. J'avais très bien dormi. Le sommeil est un état inédit pour moi, les démons ne ferment jamais l'œil. Bien sûr, j'avais fait quelques cauchemars, dans lesquels des bambins adorables partageaient leurs bonbons ou s'aidaient les uns les autres. Mais, globalement, mes rêves s'étaient révélés beaux : scènes de bagarres collectives, cheveux tirés, nourrisson dévalant un grand escalier dans son landau, enfants malheureux, affamés, assoiffés, illettrés, dont pas un seul ne riait.

Ma première douche m'a moins plu. L'odeur infecte du savon, le shampooing dans les yeux, l'eau dans les oreilles, la sensation de propreté moite. Brian m'attendait à la table du petit déjeuner, retranché derrière une muraille de toasts beurrés. Il m'avait laissé un quignon de pain dur.

– Brian, voyons, l'a gentiment grondé Marguerite, laisses-en un peu à Raymond !

Alors, sans le moindre avertissement, mon compagnon s'est mis à hurler d'une voix d'alarme de voiture :

– Mais j'ai faaaaaiiiiiim ! Je suis en pleine croissaaaaance !

Puis, après avoir vérifié d'un bref coup d'œil qu'il ne risquait pas de se faire mal, il s'est roulé sur le carrelage, un peu comme un jeune hippopotame dans la boue, mais en moins gracieux. Je l'ai observé, assez surpris. Ce garçon a vraiment un chouette caractère.

– Relève-toi, mon chéri, l'a supplié Raoul. Tu vas encore nous faire une crise d'asthme.

– Je dois prendre... des... forces, a hoqueté Brian, après s'être rassis, en attaquant sa première tranche de pain de mie. J'arrive au niveau 8 de mon jeu vidéo.

– Dans ce cas… a admis Marguerite, compatissante.

J'ai dit à mes hôtes que ce n'était pas grave, que je raffolais du pain dur, que tout allait bien. Soulagés, ils sont allés au salon et ont allumé la télé pour se remettre de leurs émotions devant leur émission. De mon côté, je me suis contenté de transformer le beurre des toasts de Brian en cérumen, cette substance fascinante que l'on trouve dans les oreilles et que j'avais découverte un quart d'heure plus tôt, dans la salle de bains. Je l'ai regardé manger de bon appétit, sans la moindre grimace. Je pense qu'il ne manquera pas de forces pour jouer.

Dans la cour de l'école, tous les regards ont convergé vers moi. Je m'attendais aux réactions habituelles des humains quand ils découvrent un nouveau congénère : chuchotements, ricanements, insultes, dans le meilleur des cas. C'est ainsi, du moins, que je les incite à se comporter d'habitude.

Mais là, malgré le fait que Raoul et Marguerite aient tenu à m'accompagner et ne soient repartis qu'après m'avoir gratifié chacun d'une grosse bise humide (la salive aussi, quelle merveilleuse invention !), personne ne s'est moqué de moi.

Au contraire. J'ai tout de suite ressenti, comment dire, *quelque chose*. De bonnes ondes. À ma vue, les yeux s'ouvraient, les coins des bouches se hissaient vers les oreilles. Des sourires. Mais pas moqueurs, non. De *gentils* sourires.

J'ai compris que mon chef m'avait offert un physique de garçon populaire. Je suis tout de même allé lire dans les têtes, et là, je dois avouer que j'ai été surpris. Si les garçons éprouvaient à mon égard un intérêt bienveillant mais raisonnable, presque toutes les filles se montraient beaucoup plus enthousiastes. Mieux (ou pire), nombre d'entre elles ressentaient ce léger chatouillis entre les côtes, ces frissons à l'estomac, cet infime grésillement électrique au fond des oreilles qui signalent la naissance du commencement de l'esquisse d'une attirance.

Ces andouilles étaient en train de tomber amoureuses de moi ! Toutes !

Toutes sauf une.

Anne-Fleur.

Elle m'examinait, bien sûr, assise sur un banc, là-bas, mais sans curiosité particulière, sans la moindre trace d'amour, terriblement neutre.

Je me suis dirigé droit vers elle et me suis assis à sa gauche.

– Salut, je m'appelle Raymond, je suis orphelin.

– Raymond ?

– Ouais. Orphelin.

– Orphelin, d'accord.

– C'est triste, hein ? On m'a placé dans une famille d'accueil. Ce matin, j'ai eu un croûton de pain sec au petit déjeuner.

– Ah oui, moi aussi, j'adore.

– Pardon ?

– Le pain sec. J'ai lu un article là-dessus. De nos jours, les dents des enfants se développent mal, tu sais pourquoi ? Parce qu'ils ne font plus l'effort de mâcher. Ils n'absorbent que du mou, de la purée, de la glace, du pain de mie, de la viande hachée. C'est grave.

– Ah.

– Le pain sec est une excellente solution.

La cloche a sonné et Anne-Fleur m'a précédé vers les salles de classe, indifférente aux regards hargneux des autres filles. Tout particulièrement à ceux de Bérénice.

La maîtresse a prononcé quelques mots de bienvenue :

– Je vous présente Raymond. Réservez-lui le meilleur accueil. Je veux que tout le monde soit gentil avec lui.

– C'est parce que je suis orphelin, ai-je précisé en souriant. Mes parents ont été dévorés par des loups. J'avais bien une tante, mais elle est morte de la peste. Alors on m'a placé dans une famille d'accueil où on me nourrit mal.

J'étais assez content de ma petite histoire. Pour la bricoler, je m'étais inspiré du sort de quelques enfants que j'avais connus au Moyen

Âge, afin que ce soit plus crédible. Pourtant, la maîtresse m'a regardé bizarrement, et j'ai lu la pensée qui l'a traversée : « Pauvre gosse, il est complètement siphonné. »

Bon, j'ai sûrement des progrès à faire, question mensonges. Mais ça viendra vite, je suis entouré d'humains.

Une journée formidable. Je passe sur les détails (les cours) pour m'en tenir à l'essentiel (Anne-Fleur).

Je crois que je suis en train de devenir son ami. Elle m'a demandé, après la cantine, ce que je pensais des dictateurs, de la pollution, de la misère. J'ai répondu que c'étaient mes sujets favoris.

– Nous sommes d'accord, a-t-elle approuvé.

– Je suis certain qu'on peut faire d'énormes progrès, ai-je renchéri.

– C'est vrai ! a-t-elle confirmé, les larmes aux yeux.

– Il y a encore beaucoup trop de pays libres pleins de gens qui ne meurent pas de faim et de belles forêts sauvages ! ai-je conclu, enthousiaste.

Là, elle s'est tue et m'a scruté en plissant les yeux. Puis elle a souri.

– Tu es un marrant, toi. Tu me plais.

Je lui plais ! C'est dans la poche. D'ici un jour ou deux, elle fera tout ce que je lui dirai.

Quand je suis rentré, le soir, Brian prenait son goûter : d'épaisses tranches de pain couvertes de pâte à tartiner aux noisettes. J'aurais bien voulu lui faire une nouvelle blague, mais je n'ai pas eu d'idée. Ça viendra.

Pour le moment, j'écris sous ma couette, impatient de dormir pour rêver d'Anne-Fleur.

Vivement demain !

samedi

Malheureusement, aujourd'hui, il n'y avait pas d'école. Et demain, il n'y en a pas non plus. Je me demande quel abruti d'humain a inventé le week-end. Incarné, je découvre l'ennui.

Donc, ce matin, j'ai paressé au lit aussi longtemps que possible, puis je suis allé réveiller Brian.

Tu n'aimes pas trop Brian, hein, petite lectrice ? (Tu vois que je m'adresse aussi à toi, de temps en temps. Je ne suis pas si sexiste que ça. Je sais bien qu'une fille, bien conseillée par moi, est capable d'être aussi stupide qu'un garçon.) Brian te déplaît, tu préfères les beaux garçons dont tu suis les aventures dans les séries que tu regardes, ou les chanteurs torse nu des clips. Désolé. On n'est pas dans un clip. On est dans ma vie. Et moi, je le trouve plutôt chouette, Brian.

– Tu es fou, a-t-il hurlé ! Il est dix heures du matin ! J'ai joué toute la nuit !

– Lève-toi, je m'embête.

Il s'est retourné en grognant. D'un battement de cils, j'ai fait s'envoler sa couette, qui s'est collée au plafond avant de retomber doucement, en voletant comme un poisson plat dans un aquarium et de se rouler en boule dans un coin de la chambre. Brian portait juste un caleçon orné de nounours qui jouaient du hard-rock.

– Comment tu as fait ça ? m'a-t-il demandé, tout pâle.

– Quoi ?

– La couette.

Je n'ai rien répondu, me contentant de sourire. Il a fini par sauter du lit pour essayer de récupérer la courtepointe, mais, chaque fois qu'il s'en approchait, elle lui échappait magiquement, tel un chaton joueur.

– Il y a des courants d'air, on dirait, ai-je commenté. Tu viens déjeuner ?

Il a fini par enfiler quelques vêtements, de mauvaise grâce. Mais j'entendais les questions qu'il se posait. Il éprouvait à mon égard un cocktail savoureux d'inquiétude et de sympathie. Je l'intéressais.

Pour changer un peu, je n'ai pas transformé son beurre. Je me suis contenté de faire apparaître quelques asticots sur son troisième toast. Au moment où il ouvrait grand la bouche pour l'engouffrer, les bestioles ont surgi. Il a poussé un hurlement beaucoup plus intéressant que

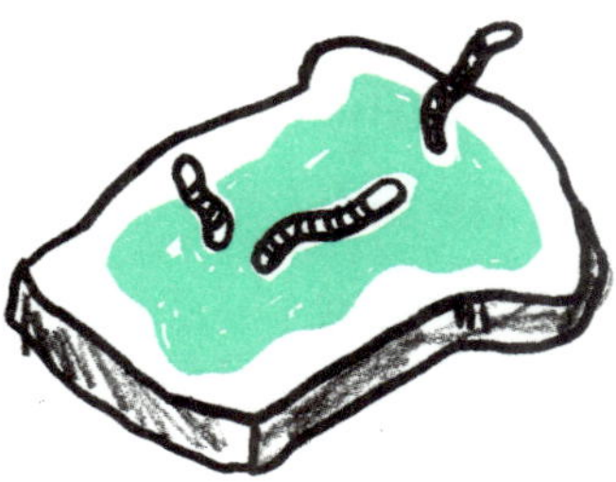

celui d'hier. Plus intense, plus profond, plus sincère. Il s'améliore. Raoul et Marguerite ont dévalé l'escalier en robe de chambre.

– Qu'est-ce qui se passe, poussin ?

Brian, tassé contre la gazinière, pointait un couteau à découper vers le toast qui s'était écrasé au sol, côté asticots.

– Des vers ! Il y a des vers dans le pain de mie ! C'est immonde !

Surpris, Raoul a soulevé la tartine avec précaution, mais j'avais bien évidemment fait disparaître les jolis asticots.

– Je ne vois rien. De toute façon, les toasts ne sont périmés que d'une semaine ou deux. Il n'y a même pas encore de moisissure, alors des asticots…

– Tu devrais moins jouer aux jeux vidéo, lui a conseillé Marguerite. Les écrans sont nocifs pour les enfants, tu sais.

– Fichez-moi la paix ! s'est égosillé Brian, au bord de la crise de nerfs.

– D'accord, ne t'énerve pas, poussin, a

répondu Raoul. Mais essaie quand même de t'éloigner un peu de ta console.

Puis nos tuteurs ont filé vers le téléviseur.

– C'est toi, hein ? a dégluti Brian en braquant le couteau vers moi.

– Tu n'aimes pas les vers ? C'est rare, pour un poussin.

Il a respiré très vite et très fort, par le nez, hésitant à hurler de nouveau.

Puis il s'est calmé.

– Tu me punis parce que je suis une grosse feignasse, c'est ça ? s'est-il renseigné.

Grosse feignasse. Il faudra que je demande à la maîtresse pourquoi ce mot est féminin, même pour parler d'un garçon. Les filles sont quand même très avantagées, je trouve.

Je me suis levé, j'ai traversé la cuisine et je me suis approché très près de Brian.

– Pourquoi me poses-tu cette question ? ai-je demandé.

– Je… je ne sais pas. Tout d'un coup, je me suis imaginé que tu étais un genre de… que tu avais des pouvoirs et qu'on t'avait envoyé pour me châtier.

J'ai pouffé, parsemant son visage de miettes beurrées.

– Raoul et Marguerite ont raison, tu devrais te déconnecter un peu. Pourquoi tu ne viendrais pas à l'école avec moi lundi ? C'est marrant, tu sais.

– Non. Pas question. Je préfère encore que tu m'emmènes en enfer.

Je n'ai pas insisté, impressionné par sa motivation. Il est remonté jouer et, à force d'éventrer des dragons, a fini par recouvrer un peu de calme. J'ai donc continué à m'ennuyer, tout en essayant d'ourdir un plan pour détourner Anne-Fleur du droit chemin. J'ai fait la liste de mes atouts :

1. Anne-Fleur me trouve marrant.

2. Bérénice, l'ennemie d'Anne-Fleur, n'est pas insensible à mon charme.

3. Les garçons de la classe veulent être mes copains.

4. Je possède à peu près tous les superpouvoirs : voler, devenir invisible, déplacer les objets, soulever des masses énormes, lire dans les pensées.

C'est bien maigre, tout ça.

Face à l'obstination d'une fille de dix ans.

Il est tard, le sommeil m'appelle et je n'ai toujours pas trouvé d'idée géniale.

dimanche

Rien.

Tu aimes les dimanches, toi, petit lecteur? En vrai? Des flaques de néant, oui.

ENNUi
mortel

lundi

Par contre, les lundis, là, je dis oui. Tout le monde est malheureux, j'adore. Tu as un peu mal au ventre, hein, petit lecteur ? Tu t'es barbé tout le week-end et, maintenant que la semaine recommence, tu voudrais mourir. Tu penses aux pelletées de problèmes qui t'attendent à l'école, aux devoirs que tu n'as pas faits, à la tête énervante des potes. Et tes parents, c'est pareil. Sauf qu'eux, en plus, ils regrettent le temps où ils avaient ton âge.

Quand je suis arrivé à l'école, ce matin, Nathan, le petit type de la dernière fois, courait dans tous les sens en hurlant :

– Contrôle de maths ! Contrôle de maths ! Cette fois, c'est sûr, il y a contrôle de maths !

Il était tout vert et paraissait possédé.

– Comment tu le sais ? lui ai-je demandé, histoire d'engager la conversation.

– C'est mon oncle.

– Ton oncle ?

– Oui, il a une femme de ménage dont la nièce connaît de vue le voisin de palier de la maîtresse. Le voisin l'aurait entendue dire à quelqu'un au téléphone qu'elle préparait un contrôle de maths pour aujourd'hui. UN CONTRÔLE SURPRISE !

Il a écrasé ses deux mains sur sa bouche, comme pour empêcher d'autres mots abominables d'en sortir.

– Ben, t'as qu'à tricher, ai-je suggéré calmement. Tu planques ton cahier sur tes genoux, ou quelque chose.

– Tricher ? s'est exclamé quelqu'un dans mon dos. Je rêve ou tu viens encore d'avoir l'idée du siècle ?

Je me suis retourné. Anne-Fleur.

– C'est quoi, ton but dans la vie ? a-t-elle continué. Ne rien apprendre ? Devenir crétin ? Tu sais que les dernières études montrent que l'intelligence des enfants est en train de diminuer ? Tu penses que tricher à un contrôle de maths, c'est le meilleur moyen d'inverser la tendance ?

– Oh, mon Dieu, a couiné Nathan en entendant « contrôle de maths ».

– Bonjour à toi aussi, Anne-Fleur, ai-je tenté.

– L'humanité a besoin de gens INTELLIGENTS, tu comprends ça ? Des gens qui se musclent le cerveau à coups de formules scientifiques et de bouquins écrits PETIT ! Le jour du Grand Effondrement De La Civilisation, faudra pas compter sur les mous du bulbe pour sauver les humains !

– D'accord, mais de là à organiser des contrôles surprises, s'est indigné Nathan.

– Elle est toujours comme ça, m'a informé Bérénice, qui venait de se joindre à nous. À peine arrivés, le matin, on a droit à une leçon de morale ou à des statistiques expliquant qu'on va tous mourir bientôt. J'adore ta coiffure.

Elle a passé une main dans mes cheveux. C'était doux et chaud.

Anne-Fleur s'est aussitôt éloignée, visiblement contrariée.

– Je vous quitte. Je n'ai pas grand-chose à dire sur la coiffure de Bernard.

– Raymond, ai-je rectifié.

– T'occupe pas d'elle, m'a conseillé Bérénice. Elle est jalouse.

Jalouse ? Il se peut donc que j'arrive à intéresser Anne-Fleur rien qu'en me laissant tripoter les cheveux par Bérénice. Je note.

– Bon, ai-je lancé, on va le faire, ce contrôle surprise ?

– Il faut que je passe aux toilettes avant, a annoncé Nathan en filant.

En tout cas, il ne s'était pas trompé. La maîtresse, très contente d'elle, nous a distribué les sujets avec un sourire sournois.

– Et celui qui triche, a-t-elle menacé, je convoque ses parents. C'est un devoir *individuel.*

Individuel ? On allait voir. Anne-Fleur s'est jetée sur le premier exercice, déjà contrariée de le trouver si facile.

J'ai commencé par lui embrouiller les idées. Progressivement. C'est la base du travail des démons. Chaque fois qu'elle tentait de se concentrer sur ses tables de multiplication ou sur les définitions qu'elle connaissait par cœur, j'incitais son esprit à s'égarer dans des souvenirs de vacances, de Noël, d'anniversaire. Je faisais défiler dans sa tête des moments heureux, des fous rires en famille, des promenades sur la plage. Elle est venue à bout péniblement du premier exercice (non sans avoir commis deux grosses erreurs de calcul), mais elle est restée bloquée sur l'énoncé du deuxième (un problème simple, pourtant, portant sur deux trains qui partent chacun avec plusieurs minutes de retard de gares situées dans des pays différents). Avec une certaine satisfaction, je l'ai regardée ne rien faire, suspendue, rêveuse, suçotant son crayon. Puis elle s'est ébrouée, a essayé de reprendre ses esprits, mais rien, néant. Du blanc dans le crâne.

D'un discret coup de coude, j'ai attiré son attention avant de lui montrer la grande horloge fixée au-dessus du tableau. Les aiguilles progressaient sans pitié. Là, Anne-Fleur a commencé à paniquer. C'était le but. Elle m'a jeté un regard angoissé, suivi d'un autre. Quant à moi, je travaillais tranquillement, remplissant ma page de chiffres et de lettres soigneusement calligraphiés. J'aime bien écrire, je m'en rends compte. Être immatériel, c'est bien, d'accord, mais ça vous prive du plaisir délicat du stylo glissant sur le papier blanc crème, comme un surf sur la vague en été.

Anne-Fleur s'est mise à suer. J'ai lu les pensées qui commençaient à se bousculer dans son esprit, qui s'y entrechoquaient même, maintenant: «Je vais rater ce contrôle!», «Que vont penser mes parents?», «Ils auront tellement de peine!», «Et les autres? Moi qui passe mon temps à les tanner pour qu'ils travaillent!», «Bérénice sera ravie...», «Et le nouveau? Je vais le décevoir, c'est horrible!».

Elle a décidément du mal à se souvenir de mon prénom...

Je lui ai donné un autre coup de coude et j'ai murmuré:

– Copie sur moi, vas-y, ça ne me dérange pas.

Et là, l'espace d'une seconde, j'ai senti qu'elle était tentée. Vraiment tentée. L'enjeu était si important pour elle, la pauvre petite ! Elle veut devenir présidente du monde ou quelque chose de ce genre, elle rêve d'être un exemple pour les filles humaines, montrer qu'elles sont capables de réussir aussi bien que les garçons, de suivre de grandes études. Et paf! Toute sa carrière brisée à cause d'un malheureux contrôle surprise en CM2. C'est trop bête. Alors… un simple coup d'œil sur la feuille de ce brave Raymond, de ce bon vieux Raymond, si serviable, histoire de se déverrouiller les méninges… Après tout, ma petite Anne-Fleur, si tu regardes juste la solution de ce ridicule problème de train en retard, tu reprendras confiance en toi et tu termineras le devoir dans les délais. Mais dépêche-toi, parce que les aiguilles tournent…

Je me suis penché vers elle à nouveau, pour l'encourager à piller mon travail.

– Vas-y, Anne-Fleur, ai-je chuchoté, ça me fait plaisir de t'aider.

Elle a secoué la tête. Cette fille est vraiment butée.

La voix de l'institutrice a retenti, comme un coup de cloche.

– Raymond !

Nathan a sursauté si fort qu'il a maculé toute sa feuille de grosses taches d'encre.

La maîtresse a traversé la classe à une vitesse surnaturelle. Belle prestation. J'ai admiré en connaisseur.

– Je t'ai vu, Raymond ! Tu triches. Le fait d'être nouveau ne te confère aucun privilège. Donne-moi ta copie. Je te mets zéro. Désolée.

Décidément, la justice humaine est toujours aussi efficace. Je n'ai pas pu m'empêcher de sourire.

– Ça t'amuse, en plus ?

– Un peu, ai-je avoué.

– Très bien. Dans ce cas, tu copieras cinquante fois...

C'est alors qu'Anne-Fleur a levé la main.

– C'est moi qui essayais de tricher, madame.

Une avalanche de silence épais a dévalé sur la classe. Tout le monde nous fixait déjà, mais là, les yeux se sont écarquillés.

– Co… comment ça ? a bredouillé la maîtresse, stupéfaite.

– Je n'y arrivais pas, je commençais à perdre mes moyens, j'ai demandé un renseignement à Raymond. Il s'efforçait de m'expliquer qu'il fallait être honnête. Je ne voudrais pas qu'il soit puni pour ça.

La maîtresse a paru soudain très émue. J'ai assisté avec intérêt à son débat intérieur. Elle adorait Anne-Fleur, mais elle ne pouvait pas ne pas la châtier. Ç'aurait été trop injuste vis-à-vis des autres. Elle a envisagé de passer l'éponge, sous prétexte que sa chouchoute s'était dénoncée, mais non. Cette femme aussi est butée, ma parole.

– Dans ce cas, c'est à toi que je mets zéro. Donne-moi ta copie.

Un bruissement d'effroi s'est répandu dans les rangs. Zéro ! Anne-Fleur ! Bérénice rayonnait comme une guirlande de Noël.

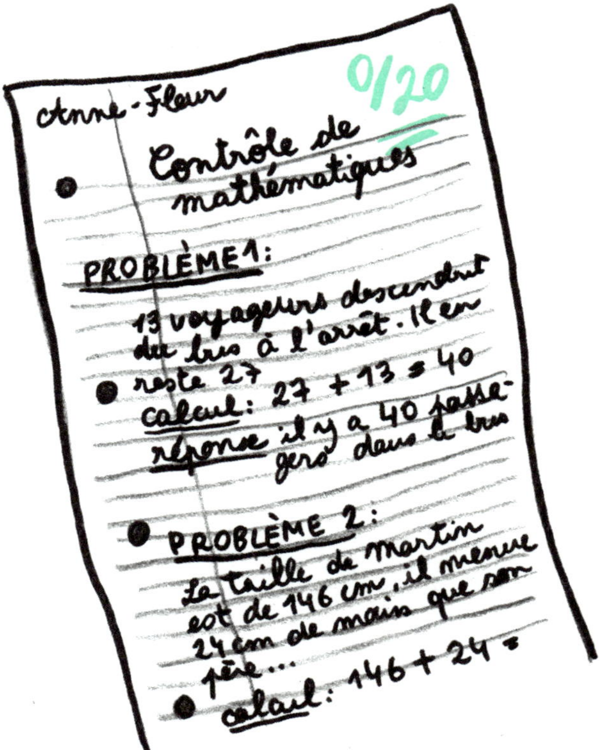

À la récré, j'ai demandé à Anne-Fleur pourquoi elle s'était accusée.

– Tu avais essayé de m'aider. Je ne pouvais pas la laisser te flanquer un zéro. Et puis…

– Et puis quoi ?

Elle a remué la tête, embarrassée.

– Tu as déjà assez de... problèmes comme ça. Des vrais.

– Des problèmes ?

J'étais sincèrement étonné. À cette minute, mis à part le fait que je n'étais pas près d'avoir ma promotion, je ne voyais pas bien en quoi pouvaient consister mes problèmes.

– Oui, a expliqué Anne-Fleur, tes parents... ta famille d'accueil...

Ah, bien sûr. J'étais orphelin. C'est un problème, évidemment.

– Tu crois vraiment que les tiens ont été dévorés par des loups ? m'a-t-elle demandé, presque timidement.

– Mais naturellement, ai-je confirmé, tout joyeux. Ils leur ont d'abord croqué les...

Elle m'a interrompu.

– C'est bien ce que je disais.

– Quoi ?

– Tu as des problèmes. Des gros problèmes.

mardi

Mes problèmes seront peut-être la solution.

D'accord, je n'ai pas réussi à la faire tricher, mais je l'intéresse. Je l'intéresse sacrément. C'est logique, Anne-Fleur veut sauver le monde, donc les garçons à problèmes l'intéressent. Je dois suivre cette piste. Elle a tout de même menti encore une fois. À la maîtresse. Certes, mon chef me dira que c'était pour la bonne cause. Admettons. Mais ce n'est pas rien. Par pitié pour moi, se laissera-t-elle enfin entraîner vers le MAL ?

Que dis-tu, petit lecteur ? Inutile de nier, je t'entends, tu as grommelé quelque chose entre tes dents pourtant collées par de la fraise Tagada broyée. Tu trouves que c'est grave de mentir ? Je rêve ou quoi ? Tu n'as jamais menti, toi ? Regarde-moi dans les yeux. Oui, je suis devant toi, là, au pied du lit. Tu vois ces poussières qui bougent dans le rayon de lumière ? C'est moi, en fait. Alors ? Tu n'as jamais menti ? Tu es toujours sincère avec tout le monde ? Avec toi-même ? Non, tu vois bien. Alors, la prochaine

fois, s'il te plaît, évite de m'interrompre. Lis en silence. J'ai horreur qu'on me dérange.

Hier soir, comme je tournais dans tous les sens ces questions compliquées de mensonge, de bien et de mal, j'ai mis au moins trois longues minutes à m'endormir. J'ai repensé à Bérénice et à sa peur de la nuit. Comment peut-on avoir peur de la nuit, franchement ? Moi, dès que je ferme les yeux, je vois défiler comme sur un écran géant tous les forfaits commis par les hommes, les massacres, les incendies, les explosions d'usines chimiques, les bombardements, les tortures. Et tout ça sans interruption depuis des millénaires. Un film tellement agréable que je finis toujours par trouver le sommeil. J'aime bien aussi compter les moutons.

Qui se dirigent vers l'abattoir.

Mais la nuit ne m'avait pas porté conseil. Ce matin, au réveil, aucune stratégie géniale ne s'est offerte à mon esprit. Tant pis.

Brian ne s'est pas montré. Une brève incursion dans sa tête m'a permis de comprendre qu'il attendait que je sois parti pour se lever. J'ai hésité à faire flotter son oreiller dans les airs, mais non, restons concentré sur Anne-Fleur.

Coup de chance, je l'ai justement rencontrée sur le chemin de l'école. Elle scrutait le trottoir avec une moue morose. Sa nuit à elle avait été mauvaise, à cause de ce zéro en maths, bien sûr. Elle avait tout avoué à ses parents immédiatement, et leur avait expliqué qu'elle avait agi dans l'intention de m'aider.

Elle ne l'a pas révélé pour se vanter, pour étaler sa gentillesse et sa générosité. Non, elle souhaitait juste qu'ils ne s'inquiètent pas au sujet de ses résultats scolaires. Elle s'est excusée de s'être accusée. Ils lui ont pardonné, et tout s'est fini dans de grandes embrassades suivies d'une soirée crêpes. Ces gens sont décourageants.

Bien sûr, Anne-Fleur ne me l'a pas raconté. Je l'ai capté directement dans sa mémoire. N'empêche, elle était morose, et c'était un bon point pour moi. La morosité conduit souvent au faux pas, je l'ai remarqué.

– Ça va ? ai-je demandé. Tu sembles triste.

Elle a cherché très vite un prétexte crédible :

– Non, oui, c'est à cause de… du trottoir.

– Du trottoir ?

– Regarde. Les gens sont dégoûtants !

J'ai baissé les yeux. Elle avait raison. Le bitume était jonché de débris divers, chewing-gums, papiers gras, crachats…

– On n'est pas près de sauver la Terre si personne ne s'intéresse ne serait-ce qu'à la propreté de sa ville…

Elle allait se remettre en marche quand j'ai eu une idée géniale. C'est ce qui est chouette avec moi, j'ai souvent des idées géniales.

J'ai fait apparaître un sac en plastique (non, je l'ai transformé en pochon en papier, les personnes comme Anne-Fleur n'aiment pas le plastique), et j'ai commencé à y jeter les saletés que je ramassais par terre. Hop, emballages, éclats de verre, seringues…

– Arrête ! a hurlé Anne-Fleur.

– Quoi ?

– Pas les crottes de chien, s'il te plaît !

Ben quoi ? Il faut savoir ce qu'on veut. Les êtres humains sont vraiment d'une délicatesse excessive, par moments. J'ai reposé la déjection, heureusement plutôt sèche, et me suis essuyé la main à mon pantalon. Anne-Fleur était un peu pâle.

– Tu vois ? ai-je dit, on doit *agir*, au lieu de se lamenter.

Elle a hoché la tête.

– C'est toi qui as raison, Roger.

– Raymond.

– Je donne des leçons à tout le monde, mais je ne fais rien de concret.

Je lui ai tendu un autre sac et, après une courte hésitation, elle a commencé à ramasser les ordures par terre. Très vite, elle a retrouvé le sourire.

Arrivés dans la cour de l'école, nous avons décidé de continuer notre travail de nettoyage. Histoire de montrer l'exemple. Les autres nous regardaient, de loin, mais personne ne s'est approché pour nous aider. Ouf, c'est rassurant. Les bonnes initiatives ne portent pas toujours leurs fruits.

Tout à coup, Anne-Fleur s'est arrêtée, perplexe, examinant un petit objet qu'elle venait de glaner.

– Qu'est-ce qu'il y a ? ai-je demandé. C'est un mégot.

– Justement. Il est interdit de fumer dans l'enceinte de l'école. Tu ne vas quand même pas me faire croire que des élèves clopent en cachette !

Tiens, bonne idée. Il faudra que j'en incite quelques-uns à consommer du tabac. C'est assez facile. Et plus on s'y prend tôt, plus on a de chances de mourir jeune.

Reprenant mes esprits, je me suis projeté mentalement dans l'espace et dans le temps, histoire d'apprendre d'où venaient ces mégots. Ça n'a pas été difficile. Ma petite enquête m'a tout de suite révélé que la coupable était Catherine. La dame de la cantine. Tout le monde l'appelle

Catherine de Midi-Six, parce que c'est à cette heure précise qu'elle fait retentir la sonnerie pour nous convoquer au réfectoire. Mais elle a aussi d'autres fonctions. C'est elle qui fait le ménage, après l'école, et qui est chargée de fermer les grilles quand les élèves sont partis. Eh bien, Catherine de Midi-Six fume en cachette à l'intérieur de l'établissement. Bravo ! Je l'ai tout de suite dit à Anne-Fleur.

– Comment tu le sais ? s'est-elle enquise.

– Je l'ai vue. J'observe. Et là, tiens, regarde ! Derrière le buisson, il y en a plein d'autres !

– Mets-les vite dans ton sac !

– Qu'est-ce qu'on fait ? On la dénonce ?

Elle a réfléchi, sourcils froncés. Ha, ha, voilà qui est intéressant. Un dilemme, ça s'appelle. Quand on doit choisir entre deux mauvaises solutions. Si elle ne dénonce pas Catherine et si un jour un accident se produit, ne sera-t-elle pas plus ou moins sa complice ? Mais si elle la dénonce, Catherine risque d'avoir de gros ennuis. Peut-être même de perdre son emploi.

Cette pauvre Catherine, si gentille, qui travaille là depuis tant d'années, qui a sûrement une famille à nourrir, des enfants, un poisson rouge…

J'adore les dilemmes. Pas toi, petit lecteur ?

– Qu'est-ce que tu en penses ? m'a-t-elle demandé.

Elle sollicitait mon avis ! Fantastique ! Je commence à avoir une véritable influence sur elle. Le problème, c'est que, malgré mes siècles d'expérience, je ne savais pas trop quelle était la pire des possibilités. Après réflexion, il m'est apparu que le plus grave serait que l'école brûle à cause d'un mégot oublié. Afin qu'elle puisse continuer tranquillement à mettre la vie des gosses en danger, j'ai donc conseillé de ne pas dénoncer Catherine.

– Tu es vraiment gentil, a soupiré Anne-Fleur, touchée.

Gentil. Oui, c'est tout à fait le mot. Ravi, je me suis laissé aller à rêver un peu. J'ai imaginé ce que je ferais quand j'aurais ma promotion.

Et puis, tout d'un coup, je me suis rendu compte qu'Anne-Fleur me dévisageait avec une expression d'horreur et de dégoût.

Et voilà ! La gaffe !

Égaré dans ma rêverie, j'avais dû me croire au cinéma. Ma main avait plongé toute seule dans le sac en papier et j'étais en train de mâchonner le mégot, comme du pop-corn. C'est très bon, d'ailleurs.

– Pardon, ai-je dit en crachotant du tabac.

– Toi, Raymond, tu as *vraiment* un gros, gros, problème.

Ça y est. Je crois qu'elle commence à se souvenir de mon prénom.

mercredi

Il s'est passé quelque chose.

Quelque chose de tout à fait passionnant, je pense, même si je suis encore plus perplexe en ce qui concerne la psychologie des humains.

Aujourd'hui, donc, on était mercredi. Il n'y avait école que le matin. (Entre parenthèses, ça commence à devenir lassant, ce truc d'aller à l'école presque tous les jours. Je comprends mieux Brian. Si je n'étais pas hyper motivé par ma mission, je crois que je me transformerais, moi aussi, en une grosse feignasse. Une énorme feignasse.)

Donc, je me lève, ce matin, d'assez mauvaise humeur. Brian était toujours planqué sous sa couette. Histoire de me venger un peu, j'ai fait apparaître une famille d'araignées sur son oreiller. Pas beaucoup, mais des grosses. Ça l'a aidé à sortir du lit et il m'a tenu compagnie au petit déjeuner. J'aime bien parler avec lui, finalement. Il m'a raconté ses jeux vidéo et m'a même cédé presque un quart de ses tartines spontanément. Depuis l'affaire des asticots, il mâche avec méfiance et avale plus lentement.

La matinée s'est plutôt bien passée. Nous n'avons pas dénoncé Catherine de Midi-Six, et Anne-Fleur, à la récréation, a pu constater qu'effectivement la dame se grillait une cigarette en cachette, planquée près du local à poubelles. Après le départ de Catherine, Anne-Fleur est allée vérifier que le mégot était bien éteint. Elle l'a écrasé soigneusement, puis l'a caché sous une pierre. Je n'ai rien dit. J'observe, j'attends mon heure.

À l'évidence, Anne-Fleur se rapproche de moi, me pose des questions, essaie de me comprendre. L'idée du sac en papier s'est révélée excellente. Pour la corrompre, je dois faire semblant d'être un bon garçon, un type obsédé par le bien. C'est inédit. Ça me plaît. Je me suis quand même forcé à discuter un peu avec Bérénice, parce qu'il faut entretenir la jalousie d'Anne-Fleur, au cas où.

Et puis, comme on est mercredi, donc, on nous a libérés après la cantine. J'étais soulagé de n'avoir pas à subir les bla-bla assommants de la maîtresse, mais la perspective de finir la journée dans ma famille d'accueil en compagnie de Brian m'a un peu sapé le moral.

C'est alors que le *quelque chose* dont je te parlais, petit lecteur (tu es toujours là, au fait ? Oui, bien sûr, tu ne peux déjà plus te passer de moi), ce *quelque chose* de tout à fait passionnant s'est produit.

Anne-Fleur m'a demandé si elle pouvait venir chez moi.

– Enfin… je veux dire, chez les personnes qui t'hébergent, a-t-elle précisé.

Elle paraissait gênée, craignait d'avoir fait une

gaffe, ignorait comment s'y prendre avec les gens placés en famille d'accueil dont les parents ont fini dans l'estomac des bêtes sauvages.

– Mais, ai-je objecté, tu ne fais pas du sport, d'habitude, le mercredi après-midi ? (Je le savais parfaitement, vu que j'avais étudié sa vie dans les moindres détails. D'ailleurs, ça l'a étonnée, parce que nous n'avions jamais parlé de ça.)

– Si, d'habitude. Mais Lasagne est indisponible.

– Lasagne ?

– Mon poney. Il s'est blessé à la patte et doit se reposer. Donc je n'ai rien à faire. Alors je me suis dit que peut-être on pourrait aller chez toi, histoire de discuter un peu. Et un jour, tu pourras venir chez moi, si tu veux.

– Mais… Tes parents ne risquent pas de s'inquiéter en ne te voyant pas revenir de l'école ?

Là, je me suis figé sur place. C'était bien moi, RZSQSODIUFQSX, qui demandais si les parents d'une humaine *ne risquaient pas de s'inquiéter*? Peut-être qu'Anne-Fleur, pour une fois, pour la première fois de sa vie, avait fait quelque chose d'un peu discutable : aller chez un garçon sans solliciter l'autorisation. Et moi, moi, le soi-disant démon, je lui rappelais ses responsabilités ! J'ai failli me gifler. Mais elle a répondu :

– Non, je les ai prévenus. Ils sont d'accord.

Je vois. La demoiselle n'avait donc aucun doute sur le fait que je dirais oui.

Bon, eh bien, d'accord, après tout. Je n'osais pas lui demander pourquoi elle tenait à découvrir l'endroit où je vivais, de peur qu'elle ne change d'avis. Mais je m'en doutais. Elle souhaitait m'aider à résoudre mes *gros, gros problèmes*, et, pour ça, il fallait qu'elle se fasse une idée plus complète de ma malheureuse existence d'orphelin.

– C'est moi, ai-je annoncé en arrivant. Je ramène une copine !

La télé s'est éteinte. Marguerite et Raoul, en resserrant la ceinture de leur robe de chambre, ont accouru pour nous accueillir.

– Mais c'est vrai qu'on est mercredi !

– C'est ta petite amie ?

– Absolument pas, a répondu Anne-Fleur. Bonjour, monsieur dame.

– C'est formidable, a opiné Raoul, que tu aies déjà une petite amie. C'est très positif, tout à fait encourageant.

– Ce n'est pas ma petite amie.

– Vous avez le droit de vous embrasser, a annoncé Marguerite. On a tous été jeunes, n'est-ce pas ?

– Je ne suis pas sa petite amie.

– Nous aussi, on s'est connus à votre âge, n'est-ce pas, Raoul ?

– Oui, et maintenant nous avons cet enfant merveilleux.

Pendant une seconde, j'ai cru qu'il s'agissait d'un autre enfant, qu'ils ne m'auraient pas encore montré. Puis j'ai réalisé qu'ils parlaient de Brian.

– Justement, je voulais le présenter à Anne-Fleur.

– Anne-Fleur ! Quel splendide prénom pour une fiancée ! Anne-Fleur et Raymond ! Ça sonne comme le début d'un conte de fées.

– La fin, plutôt, quand ils se marient et ont beaucoup de petits princes et de petites princesses.

Ils bavardaient tellement qu'ils ne se sont même pas aperçus que nous étions montés. Avachi sur son lit, le merveilleux Brian jouait à *Bombardement 3.0*, un jeu de guerre interdit aux moins de dix-huit ans. Il a à peine levé la tête à notre arrivée.

– Brian, tu peux arrêter deux minutes ? Voici Anne-Fleur, qui n'est pas ma petite amie.

– Bonjour, Brian.

Aucune réponse. Les bruits d'explosion et les râles d'agonie se sont juste un peu intensifiés. Il a fallu que je mette sa console en panne pour qu'il daigne prononcer quelques mots choisis que je préfère ne pas reproduire ici, parce que je suis un démon bien élevé.

Puis, voyant qu'il ne parvenait pas à la rallumer, il l'a balancée de toutes ses forces contre le mur en proférant d'autres jurons variés et inventifs. Je n'ai pas eu besoin de lire dans les pensées d'Anne-Fleur. L'expression de son visage était assez éloquente : elle se disait que Brian avait, lui aussi, de très gros problèmes. Au salon, les parents jacassaient toujours.

– Peut-être que je vous dérange, en fait ? a hasardé Anne-Fleur.

– Ah non, pas du tout. Brian est un être délicieux, mais il faut apprendre à le connaître. Il a… une phobie scolaire. Il a été harcelé par les élèves, par les profs, et, euh… par les dames de service. Du coup, il a peur, il reste chez lui.

Je ne sais pas pourquoi je ne lui ai pas dit la vérité. Sur le coup, il m'a semblé qu'un phobique était plus intéressant, aux yeux d'Anne-Fleur, qu'une grosse feignasse.

J'avais raison. Elle a fait une tête désolée.

Brian, à ma grande surprise, ne m'a pas démenti. Il s'est contenté de fixer le mur, comme préoccupé.

– Oh, le pauvre ! Il faut absolument lui venir en aide, m'a chuchoté Anne-Fleur dans le creux de l'oreille.

Puis, tout sourire, elle a osé s'adresser à lui :

– Tu ne voudrais pas sortir un peu ?

– Non merci, a-t-il répondu avec une politesse stupéfiante.

Le sourire d'Anne-Fleur, sans disparaître complètement, s'est estompé.

– Dans ce cas…

Comme je ne savais pas quoi faire, je n'ai rien fait.

– Je crois qu'il vaut mieux que je vous laisse, a-t-elle conclu.

Puis, composant à mon intention une mimique compliquée signifiant que nous reparlerions de tout cela plus tard, elle s'en est allée. Nous avons écouté ses pas dans l'escalier, puis la porte d'entrée qui se refermait.

J'ai fixé Brian.

Bien sûr, j'avais apprécié son attitude. Mais je me demandais s'il ne venait pas de ruiner tous mes efforts pour me rapprocher d'Anne-Fleur. Au moment où j'ouvrais la bouche, il a tendu la main vers moi.

– Ne dis rien ! a-t-il lancé.

Puis, à ma stupéfaction, il a éclaté en sanglots. En moins d'une seconde, son visage était inondé de larmes et aussi de cette chose intéressante que produisent les nez.

– Je suis un abruti ! hoquetait-il, un débile ! Un pauvre type !

J'ai tenté de le consoler.

– Oui, mais au moins, tu en es conscient. C'est important.

Il s'est mouché dans sa couette.

– Cette fille est sublime, a-t-il ajouté. Je crois que je suis amoureux.

Là, je dois admettre que je suis resté sans voix plusieurs secondes.

– Et tu te comportes toujours de cette façon avec les filles dont tu tombes amoureux ?

– Toujours, a-t-il reconnu en pleurant de plus belle. Je gâche tout direct.

J'ai attendu patiemment qu'il arrête de sangloter et me fournisse quelques explications.

– Comme ça, je ne risque pas d'être déçu, quand elles refusent de sortir avec moi.

– Elles refusent toujours de sortir avec toi ?

– Je ne sais pas, je n'ai jamais osé leur demander.

– Pourquoi ? Parce qu'en plus d'être un peu idiot tu es très laid ?

J'essayais de comprendre.

Au lieu de me répondre, il s'est remis à pleurer et j'ai fini par réparer sa console pour avoir la paix.

– Merci, m'a-t-il dit en recommençant à jouer, toi, au moins, tu es un vrai pote, Raymond.

D'accord. Un vrai pote.

Je sens que je vais encore mettre du temps à m'endormir, ce soir. Bien entendu, ce nouvel élément est tout à fait intéressant, comme je l'ai expliqué, mais je ne suis pas certain que ça m'aide beaucoup.

Brian est amoureux d'Anne-Fleur. Catherine

de Midi-Six fume en cachette. Je plais beaucoup à Bérénice. Anne-Fleur est contente que je pense à nettoyer les rues… Tu en dis quoi, petit lecteur ? Tu ferais quoi, à ma place ? Tu aimerais y être, j'en suis sûr. Tu aurais des foules d'idées. Peut-être même que, depuis que tu suis mes aventures, tu t'entraînes à répandre le mal autour de toi. Ce serait bien. Ça me consolerait presque, si j'échoue, de savoir que, par la magie de l'écriture, j'ai fait naître des milliers de petits démons potentiels.

jeudi

Quand je suis arrivé à l'école, ce matin, j'envisageais de présenter des excuses à Anne-Fleur de la part de Brian. Il me semble que les filles sont assez sensibles à ça, les excuses. Mon chef a beaucoup étudié la question de l'amour chez les *Homo sapiens* (et même chez les pithécanthropes, je crois). Il a lu tous les livres et regardé tous les films de la vieille chez qui il a établi son QG. C'est d'ailleurs la raison pour laquelle il s'est installé dans sa maison. C'est parce que cette dame est passionnée par la passion. Elle consacre son temps, entre deux soupes, à consommer des histoires sentimentales en sanglotant. Elle-même, avant ses fausses dents, ses cheveux roses et ses hanches en plastique, était une très belle femme pour qui les hommes rêvaient de se sacrifier. Mon chef connaît donc parfaitement toutes les subtilités du cœur humain. C'est lui qui m'a suggéré, quand je suis passé le voir en vitesse, cette nuit, pour lui demander conseil, de présenter ces fameuses excuses.

J'avais préparé un discours à la logique imparable : «Tu sais, Anne-Fleur, Brian est trop bête pour se rendre compte qu'il est méchant. Voilà pourquoi il te prie de le pardonner. Ce n'est pas sa faute.»

Mais à peine avais-je ouvert la bouche qu'Anne-Fleur a déclaré :

– Je trouve Brian assez… intéressant.

– Qui ? ai-je demandé, croyant avoir mal entendu.

– Brian.

– Toi ?

– Oui.

– Intéressant ?

– Intéressant.

– Brian ?

– Brian.

Je suis resté un moment à la scruter, le front plissé, silencieux, immobile. Il fallait que je me repasse la séquence dans ma tête.

Anne-Fleur jugeait Brian *intéressant.*

Pendant que j'y étais, dans ma tête, j'ai passé en revue d'autres moments. Tous les moments que j'avais passés avec Brian, en fait. Brian mâchant ses tartines, Brian se roulant par terre, Brian jouant dans son lit, Brian mangeant dans son lit, Brian dormant dans son lit.

Intéressant.

J'ai comparé Brian aux autres enfants sur lesquels j'avais travaillé, au cours des siècles. J'en avais connu, tout de même, on ne pouvait pas me reprocher d'avoir mal fait mon travail. Au risque de passer pour un prétentieux, je dois dire que je m'y connaissais un peu, en matière d'enfants.

Eh bien non, rien à faire, malgré toute mon

expérience démoniaque, mes pouvoirs surnaturels, il m'était impossible de comprendre qu'une fille comme Anne-Fleur puisse trouver un quelconque intérêt à un garçon comme Brian.

Elle commençait visiblement à s'inquiéter un peu de mon silence, alors j'ai tenté un sourire complice, au cas où elle me ferait une blague, mais ça ne lui a pas plu.

– On peut savoir ce qui t'amuse ? a-t-elle lancé.

Pour ne pas la contrarier, j'ai choisi de garder pour moi une partie de ce que je pensais de Brian, et de répondre avec tact et délicatesse :

– Ce qui m'amuse, c'est que tu trouves intéressant un type mal élevé, décérébré, malodorant et égoïste.

Allez savoir pourquoi, elle est tout de suite montée sur ses grands chevaux.

– Il n'est pas égoïste. Tu as vu l'autocollant bleu, sur son armoire, qui représentait un petit robot souriant ?

Je l'avais aperçu, en effet, mais je n'y avais pas prêté attention. Elle m'a expliqué.

– Il signifie que Brian fait partie de la CJEM.

– La quoi ?

– La Communauté des Joueurs pour les Enfants Malades. En fait, il dispute des parties de jeu vidéo en ligne avec des enfants hospitalisés. Pour qu'ils s'ennuient moins et oublient un peu leurs problèmes. S'il ne t'en a pas parlé, c'est qu'en plus d'être généreux il est pudique. Ça m'a bouleversée. Ce garçon sacrifie sa scolarité pour s'occuper d'enfants souffrants.

Je me suis gratté la tête, pas vraiment convaincu.

– D'accord, ai-je concédé, mais Brian n'est pas un prix de beauté…

– Ah non ? Parce qu'il ne ressemble pas aux minets de magazines pour adolescentes ? Parce qu'il se moque d'être bien habillé ? Parce qu'il ne passe pas son temps à se pomponner comme les trois quarts des garçons ? Parce qu'il se moque de faire du sport ?

J'ai acquiescé.

– Ben oui. Pour ça.

– Justement ! (Elle s'enflammait. Ses yeux brillants faisaient presque peur.)

– Justement quoi ?

– C'est un rebelle ! Un vrai ! Il refuse le… le système.

Je te jure, petit lecteur. Elle a dit ça. Un rebelle. Brian. Et elle a ajouté qu'il était loin d'être moche, qu'il avait de très beaux yeux, de longues mains fines, une voix sensuelle et que, de toute façon, elle n'avait pas à se justifier, qu'elle le trouvait intéressant, point barre, que ça me plaise ou non.

Elle était devenue toute rouge, des gouttes de sueur étaient apparues entre son nez et sa bouche. Ses mains tremblaient. Non, vraiment, ce n'était pas une blague. Elle était archi sincère.

J'ai haussé les épaules. Anne-Fleur était décidément d'une gentillesse épouvantable. Même Brian, elle était incapable d'en dire du mal. Aucun espoir de ce côté non plus.

Nous sommes allés en classe, et je n'ai plus pensé à cette histoire.

Mais, dès que l'occasion s'en présentait, Anne-Fleur a essayé de me soutirer des renseignements sur Brian. Qu'est-ce qu'il aimait ? Qu'est-ce qu'il écoutait comme musique ?

On aurait dit qu'il l'obsédait.

Bien sûr, j'aurais pu lui révéler qu'il était amoureux d'elle. Mais je ne l'ai pas fait. Je ne sais pas trop pourquoi. J'éprouvais une sorte de pincement dans les profondeurs du ventre (c'est ce qui est pénible, quand on a un corps, il se manifeste tout le temps, sans nous demander notre avis). Qu'est-ce qui m'arrivait ?

Cette situation me déplaisait de plus en plus. Par bonheur, Bérénice nous a fourni un agréable divertissement. J'avais remarqué qu'elle paraissait très agacée par le fait que je m'intéressais peu à elle, et que je passais mon temps à chuchoter avec Anne-Fleur.

J'ai soupçonné qu'elle préparait un mauvais coup. Je suis allé voir dans sa tête ce qu'elle fomentait, mais elle n'avait pas encore d'idée précise. J'ai juste compris que l'attaque aurait lieu pendant le cours de gymnastique.

Elle avait raison. Le cours de gymnastique est tout à fait propice aux vacheries. Dans les vestiaires, déjà, les gens sont plus vulnérables. En ma qualité de démon, j'ai souvent donné de bons conseils aux plus forts et aux plus méchants pour humilier les faibles, ceux qui ont des lunettes, ou de grosses cuisses, ou qui sont trop maigres, ou qui ne s'intéressent pas au foot. L'idéal, bien sûr, c'est la piscine, parce qu'on peut faire des crocs-en-jambe, et les chutes sur le sol mouillé sont particulièrement douloureuses.

Pourtant, comme je l'ai déjà dit, les enfants de cette école sont anormalement gentils les uns avec les autres. Peu ou pas de moqueries. Un esprit de camaraderie. Comme si cette génération avait envie de réparer les erreurs de leurs aînés. C'est inquiétant. Très inquiétant.

Toujours est-il que Bérénice a trouvé son idée dans les vestiaires, en se lavant les mains. Ce n'est même pas moi qui la lui ai soufflée.

Elle a récupéré un petit bout de savon jaune et elle l'a glissé dans la poche de son short.

Aujourd'hui, on travaillait sur des agrès : cheval-d'arçons, barres asymétriques, barre fixe, trapèze et poutre. Anne-Fleur est très forte en poutre, parce qu'elle fait de la voltige sur son poney Lasagne quand il n'est pas blessé.

Donc, juste avant qu'elle ne monte sur la poutre pour y exécuter ses pirouettes habituelles, j'ai vu Bérénice s'en approcher et frictionner le bois, mine de rien, avec le savon volé. Anne-Fleur, complètement obnubilée par l'amour, ne s'est aperçue de rien. Les autres non plus.

Excellente idée ! Très simple, vieille comme le monde, mais excellente. Dès qu'elle poserait le pied sur la partie savonnée, Anne-Fleur ne pouvait pas manquer de se casser la figure, un bras ou une jambe.

Admiratif de l'ingéniosité dont Bérénice avait fait preuve, j'ai regardé Anne-Fleur s'engager gracieusement sur la pièce de bois. Elle sautillait comme l'oiseau sur la branche, a exécuté une roue parfaite, suscitant quelques sifflements élogieux, puis a continué à progresser vers la zone piégée.

C'est alors que je me suis mis à réfléchir.

Que se passerait-il si elle se blessait ? Cela pourrait-il servir mes projets ? Serait-elle plus facile à manipuler, endolorie sur un lit d'hôpital ? Et si elle mourait ? Non, là, ce serait dramatique. Ma mission se solderait par un échec et je pourrais dire adieu à ma promotion.

Mais, surtout, il y avait une autre raison, que je n'arrivais pas à cerner. À nouveau, j'ai ressenti le pincement dans les tréfonds de mon appareil digestif.

À cet instant, Anne-Fleur a posé un orteil

sur la partie glissante. J'ai vu briller de joie les prunelles de Bérénice.

Tout s'est passé très vite. Je me trouvais à quelques mètres de la poutre, mais heureusement les démons ont le pouvoir de ralentir le temps. À pas mesurés, sans cesser de me creuser la tête pour savoir si j'avais raison d'agir ainsi, je me suis dirigé vers Anne-Fleur qui, maintenant, avait perdu l'équilibre et entamait une chute impressionnante, cherchant désespérément à s'accrocher à quelque chose, bras écartés, jambes en l'air, yeux exorbités. À cette seconde, elle ne pensait plus à Brian. Comme quoi l'amour n'est pas si puissant qu'on veut bien le dire.

Elle tombait donc, au ralenti, tandis que je traversais la distance qui nous séparait. Ce temps dilaté m'a permis d'observer le visage de ses camarades. Celui de Nathan exprimait une terreur presque aussi

intense que si on l'avait menacé d'un contrôle surprise. La maîtresse, épouvantée, avait amorcé un sprint pour lui venir en aide, mais sa lourde lenteur d'humain ne lui offrait pas la moindre chance d'arriver à temps. J'ai même aperçu, détail surprenant, un vieux chat pénétrant dans le gymnase, par une fenêtre qui fermait mal. Apparemment, il avait l'habitude de s'y réfugier. Peut-être pour y chercher un peu d'animation. C'est fou, tout ce qu'on voit, quand les secondes sont moins pressées de passer.

Bérénice affichait un sourire radieux.

Finalement, je me suis positionné pile à l'endroit où Anne-Fleur s'apprêtait à s'écraser, et elle m'est tombée dans les bras, avec un petit hoquet de surprise. Le temps a repris son rythme impitoyable.

Bérénice ne souriait plus.

– Comment tu as fait ? a-t-elle sifflé. Tu étais là-bas… loin.

– Oh, mon Dieu, oh, mon Dieu ! a glapi la maîtresse, hors d'haleine.

– Merci, m'a dit Anne-Fleur en se dégageant. J'apprécie que tu me viennes en aide, mais, une autre fois, demande-moi mon avis avant de me prendre dans tes bras. Les filles ne sont pas à la disposition des garçons. Ce temps-là est fini.

– Mais… tu allais te casser la…

– Pas du tout. J'avais fait un rétablissement. Je serais retombée sur mes pieds. Écoute, je te pardonne. Je connais tes sentiments pour moi. Mais ne recommence plus, s'il te plaît.

Pendant que tout le monde s'intéressait à Anne-Fleur, Bérénice a essuyé discrètement le savon, d'un revers de manche.

Cette fille est vraiment super.

Mais, hélas, ce n'est pas à elle que je dois m'attaquer pour avoir ma promotion. Ce serait si facile…

Il faut que je réfléchisse. Je n'ai pas l'habitude. Et la voix pénible de Brian qui, pendant que j'écris ce journal, chante à tue-tête en anéantissant des aliens ne m'aide pas à me concentrer.

nuit de jeudi à vendredi

Je suis retourné voir le chef, finalement. J'ai besoin de son expertise.

Pour ce faire, j'ai laissé mon corps dans mon lit et je me suis rendu chez la vieille dame. Le chef somnolait, sur le canapé, à côté de son hôtesse, franchement endormie, quant à elle. Sur l'écran plat s'agitaient les rondeurs d'une héroïne amoureuse.

– Alors, RZSQSODIUFQSX ? m'a-t-il demandé, apparemment amusé par ma mine déconfite.

– Ben, vous voyez, chef, je patauge.

Il a acquiescé, de plus en plus réjoui.

– C'est le moins que l'on puisse dire. Vous voulez abandonner ? Vous renoncez à votre promotion ? Après tout, je vous ai peut-être mal jugé. Vous n'êtes pas prêt à vous attaquer aux adultes. Si la première gamine venue vous résiste à ce point !

Je me suis affalé sur le sofa, de l'autre côté de la mamie. Elle a remué dans son sommeil et prononcé un mot incompréhensible qui ressemblait à mon nom.

– Anne-Fleur n'est pas la première gamine venue, ai-je protesté.

– Hé, hé ! s'est contenté d'émettre mon chef, énigmatique.

– Quoi, hé, hé ? Sauf votre respect, chef.

– Hé, hé. Je me comprends.

Il m'agaçait.

Je n'ai pas à me plaindre de lui, d'habitude, c'est plutôt un bon chef. Il m'a souvent aidé dans des situations difficiles.

Mais là, il paraissait résolu à se moquer de moi.

– Tant mieux si vous vous comprenez. Mais ce n'est pas mon cas.

Il s'est redressé et m'a regardé dans les yeux, par-dessus la vieille dame.

– Je pense que cette jeune fille vous fait de l'effet, RZSQSODIUFQSX.

– De l'effet ?

– Exactement. De l'effet. Prenez garde de ne pas tomber amoureux d'elle.

Voilà qu'il s'y mettait, lui aussi ! J'ai d'abord cru qu'il se moquait de moi, mais non. Son sourire avait disparu pour faire place à une mimique plutôt inquiétante.

– Au cas où vous l'auriez oublié, RZSQSODIUFQSX, un démon amoureux cesse d'être un démon.

– Et ?

– Il devient humain. Définitivement. C'est-à-dire jusqu'à sa mort.

– Sa mort ?

J'étais complètement stupéfait.

– Oui, sa mort. Il n'est plus immortel. Il fait

comme tous les humains. Il vieillit, il prend du poids, perd ses dents, ses cheveux, son optimisme, pour finir comme notre chère amie.

Il a montré la vieille dame.

– Mais enfin, chef, je ne suis pas amoureux d'Anne-Fleur.

– Ah non ? Dans ce cas, qu'est-ce qui vous contrarie tant dans le fait qu'elle trouve Brian intéressant ? Pourquoi ne lui avez-vous pas dit qu'il l'aimait ? Parce que vous êtes jaloux !

Le pincement dans le ventre.

Se pouvait-il que ce soit la manifestation de cette fameuse jalousie dont les humains parlent tout le temps ?

– Et j'ajoute que vous avez porté secours à cette jeune fille, ce qui constitue, peu ou prou, une bonne action. Vous avouerez que, pour un démon, c'est plutôt intéressant.

J'ai essayé de me défendre.

– Je pensais qu'il valait mieux la conserver en bonne santé.

– Mais bien sûr.

D'un ample geste ironique, il a désigné les rayonnages de livres et de DVD sentimentaux.

– Notre règlement précise que vous pouvez *éprouver* de l'amour. Mais si vous déclarez votre flamme, alors vous perdrez aussitôt votre statut de démon avec tous ses avantages, vos pouvoirs, l'éternité. Aimez si vous voulez, mais gardez ça pour vous.

Je me suis tu pour réfléchir. Il avait probablement raison. C'était mon chef.

Mais tout de même ! Tomber amoureux d'une humaine ! C'était à peu près le comble du ridicule. Si c'était vrai, la faute en revenait sûrement à ce corps idiot dont on m'avait doté. Je n'ai aucune expérience de cette chose, si difficile à piloter. Il se pouvait, après tout, que l'origine de l'amour se trouve quelque part au fin fond de l'organisme. L'incarnation me rendait vulnérable. Fragile. Je devais faire très attention.

– Vous n'avez pas de conseils pour moi, alors, chef ?

Je devais paraître vraiment démuni, aux abois,

misérable, car il a eu pitié de moi. Ou en a donné l'impression.

– Au lieu de toujours vous lamenter, essayez de voir le bon côté des choses.

Le bon côté des choses ? Pour un démon, c'est loin d'être évident.

– Si Anne-Fleur est amoureuse de Brian, elle sera moins sur ses gardes.

Scandalisé, je me suis permis de l'interrompre.

– Attendez, chef, elle n'est pas amoureuse ! Elle le trouve intéressant ! Ça n'a rien à voir !

Il a éclaté de rire.

– Décidément, votre jalousie vous rend naïf, mon vieux, a-t-il assené. Quand une fille dit qu'elle trouve un garçon intéressant, c'est qu'elle en est déjà au moins à moitié amoureuse, même si elle ne le sait pas.

J'ai protesté, je lui ai rappelé, en toute objectivité, quel pauvre type était Brian, mais il m'a affirmé que ces coups de foudre absurdes se produisaient souvent. Surtout dans les livres. Il m'a parlé d'une certaine Hermione et d'un

Ron, élèves de je ne sais quelle école magique, d'un Roméo et d'une Juliette, d'une Belle et d'une Bête… Je n'ai pas insisté. C'est lui le chef, il connaît tout ça mieux que moi.

– Aidez-la, a-t-il ajouté, devenez son confident. Les confidents ont beaucoup d'influence. Brian n'est pas un garçon sage et bien élevé. Entraînée par ses sentiments pour lui, elle est susceptible de commettre une erreur, si vous jouez finement.

J'étais complètement abasourdi, mais il avait raison, c'était sûr. Ce double coup de foudre était un coup de chance. Inespéré. Il servait mes desseins. Et si je ne m'en étais pas aperçu tout de suite, c'était à cause de la jalousie ! Mais j'allais me ressaisir, oh oui !

– Vous êtes formidable, chef !

– N'en faites pas trop, RZSQSODIUFQSX.

Je suis retourné dans mon corps de garçon. Je crois que j'entrevois une solution. Mon petit Brian, si tu veux conquérir Anne-Fleur, il va falloir que tu cesses d'être une grosse feignasse…

jeudi, suite de la nuit

Ça y est. Cette fois, je suis sûr de réussir. J'ai retrouvé le moral, petit lecteur. Tu as de la chance, toi, tu peux lire directement la fin de mon journal pour savoir si je me trompe ou non. Allez, vas-y, fais-le ! Qu'est-ce que ça peut faire ? Le suspense ? Ça va tuer le suspense ? Ha ! Ha ! Tu as des idées un peu étranges. Il n'y a pas de suspense avec moi, parce que, forcément, je VAIS réussir. Je réussis toujours.

Bon, je n'en suis pas absolument certain, parce que je n'ai pas le pouvoir de visiter le futur. C'est l'un des rares qui me manquent. Il faut croire que le temps est le plus puissant des démons. Lui, par contre, on peut être sûr qu'il gagne à la fin.

Disons que j'ai repris confiance en moi. En moi et en Brian. Je t'explique. À peine rentré de chez mon chef, je suis allé le réveiller. J'ai eu du mal, parce qu'il ronflait comme un goret enrhumé. J'avais beau le secouer de toutes mes forces, mes efforts ne faisaient que modifier l'intensité des ronflements. Finalement, j'ai déversé sur lui quelques litres d'eau glaciale. Il a sauté en l'air, tout droit, tel un poisson fraîchement pêché.

Le problème, par contre, c'est le hurlement qu'il a poussé. Comme chaque fois que je lui fais une petite blague. J'oublie toujours son côté chochotte. Raoul et Marguerite sont montés quatre à quatre. Entre-temps, j'avais séché le lit de Brian.

– Que se passe-t-il? a demandé Raoul en clignant des yeux comme s'il avait de la sciure dedans.

– C'est Brian, je crois qu'il a fait un cauchemar. Je suis venu voir tout de suite.

– Oh, c'est tellement adorable ! a roucoulé Marguerite avant de nous distribuer à chacun une grosse paire de bises.

– Le… le pôle Nord m'a fondu dessus, balbutiait Brian.

– Le pauvre lapin ! Il est anxieux, avec ces histoires de réchauffement climatique ! Ils sont vraiment pénibles, ces écologistes ! Ils stressent tout le monde !

Au bout d'un moment, ils sont retournés se coucher, et Brian m'a regardé de travers, méfiant.

– C'est toi, hein ?

– Moi ? Comment peux-tu imaginer une chose pareille ? Tu as fait un cauchemar, je te dis.

– Mouais.

Avant de lui exposer le véritable motif de ma visite nocturne, j'ai quand même voulu vérifier un truc.

– C'est vrai que tu joues en ligne avec des enfants hospitalisés ?

– Qui t'a dit ça ?

Je lui ai montré l'autocollant sur son armoire, avec le petit robot.

– Oui, a-t-il grommelé. Ça te dérange ?

– Non… non, au contraire. C'est tout à ton honneur. Anne-Fleur l'a remarqué et elle en a été… touchée.

Il est devenu tout rose, et un affreux sourire de bébé a distendu ses lèvres.

– Tu es toujours amoureux d'elle, à ce que je vois.

– Amoureux fou.

– Alors j'ai de bonnes nouvelles pour toi.

Je lui ai raconté que j'avais un peu tâté le terrain, pour connaître les sentiments de la jeune fille à son égard. D'après moi, il avait ses chances. Mais il fallait qu'il y croie, parce qu'elle aimait les garçons motivés, courageux. Et, pour commencer, il devait absolument aller à l'école.

Il a secoué la tête.

– Non, c'est mort.

– Qu'est-ce qui est mort ?

– Moi. Enfin, moi à l'école. J'ai déjà essayé, je te jure, mais ça ne marche pas. Tout le monde se moque de moi, là-bas.

J'ai réfléchi.

– À cause de ce qu'on a dit ? Parce que tu n'es ni très beau ni très intelligent ?

– Voilà.

– C'est sûr, c'est un problème. Mais on va trouver une solution. Des crétins stupides, il y en a plein les classes. Et personne ne se moque d'eux. Tu sais pourquoi ?

– Ben non, sinon je passerais pas mes journées à jouer dans mon lit.

– C'est parce qu'ils ont *quelque chose*. Quelque chose que les autres n'ont pas. Un truc en plus, qui leur donne confiance en eux. Je suis sûr que toi aussi tu as un truc en plus.

J'avais mon idée sur la question, parce que, évidemment, j'avais pris soin, depuis notre rencontre, de débusquer soigneusement tous les secrets que Brian cachait au fond de son crâne.

– Non, a-t-il murmuré. Je ne vois pas.

– Vraiment ? Et tes petits amis du grenier ?

Il a sursauté.

– Tu… tu es au courant ?

J'ai hoché la tête, avec un sourire.

– Tu as fouillé la maison ? a-t-il insisté, indigné.

– Ben oui. Toi, tu as bien fouillé mes affaires et piqué mon argent.

– Pas du tout. Et d'ailleurs, il n'y avait presque rien. J'ai à peine pu m'acheter un ou deux jeux minables.

– Bon, on y va ? Tu me les présentes ?

Après quelques secondes d'hésitation, il a poussé un gros soupir qui voulait dire oui. Puis il m'a précédé au grenier. Nos pas faisaient craquer le plancher, mais Raoul et Marguerite ronflaient comme les dignes parents de leur petit goret. Leur grenier est absolument charmant : fétide, gluant de toiles d'araignée décomposées, encombré de cartons pourris, de vêtements en loques et de boîtes de conserve périmées depuis deux ou trois guerres.

Suivant, dans ce dédale, un itinéraire connu de lui seul (à part moi), il m'a conduit jusqu'au bout de ce cloaque humide. Si tu ne sais pas ce qu'est un cloaque, petit lecteur, apprends qu'il y en a un dans tous les bons dictionnaires.

Donc, au fond des profondeurs du grenier, nous découvrons une adorable cage pleine de sublimes bestioles. Des rats. De gros rats gris aux yeux rouges grouillant dans leurs crottes.

– Il faudrait que je change leur litière, a dit Brian en caressant tendrement un museau frémissant qui pointait entre deux barreaux.

– Tu t'en occupes depuis longtemps ?

– Un an, à peu près. Je les entendais courir, depuis mon lit, au-dessus de ma tête. Je suis allé les voir, je leur ai donné du gruyère et, peu à peu, ils se sont habitués à moi. Ils m'ont fait confiance. Alors je les ai emprisonnés dans cette cage où ils ont eu plein de bébés.

– Mais pourquoi tu ne les laisses pas en liberté ?

Il a haussé les épaules.

– Je ne sais pas trop. Comme ça, je ne suis pas le seul à être enfermé toute la journée.

C'était logique. J'ai dit que j'étais d'accord avec lui. On a fait un check. C'est un mot que tu connais certainement, petit lecteur. Mieux que « cloaque ».

– Eh bien, tu en choisis quelques-uns, lui ai-je conseillé, tu les mets dans une boîte et, demain, tu les emmènes à l'école. Tout le monde va t'adorer, là-bas. Personne ne se moquera de toi.

– Tu crois ?

– Mais bien sûr ! Les petits humains apportent souvent des choses originales à l'école. C'est comme ça qu'ils deviennent populaires et que les filles tombent amoureuses d'eux. Avec tes rats, tu vas casser la baraque.

Il m'a à nouveau jeté un regard suspicieux.

– Pourquoi tu les appelles « les petits humains » ?

– Ben quoi, ce ne sont pas des petits humains ?

Il a renoncé à discuter. Il a bien fait. J'ai toujours raison.

– Tu verras, lui ai-je promis en le recouchant, un jour, c'est toi qui seras le boss de la classe et qui te moqueras des élèves faibles, idiots et moches.

– Tu es sûr ? Tu ne dis pas ça pour me faire plaisir ?

– Certain. Dors, maintenant.

– Je n'y arriverai jamais. Je suis trop impatient de la revoir.

Deux minutes plus tard, ses ronflements s'harmonisaient avec ceux de ses parents.

Il est vraiment touchant, ce gosse.

vendredi midi

Je note en vitesse les faits importants, pour ne pas les oublier. Au moment où je te parle, petit lecteur, Catherine de Midi-Six nous appelle pour le déjeuner, ce qui te donne une idée de l'heure. Mais la situation est assez confuse. Anne-Fleur, cachée derrière le local à poubelles, se ronge les ongles en poussant des gémissements anxieux. Moi, j'attends qu'elle prenne une décision et, du coup, j'écris dans mon journal. Ça occupe.

Alors je t'explique. Ça s'est mal passé. Brian à l'école, tout ça.

Au début, non. Quand il est arrivé avec moi, presque propre, presque bien habillé, avec presque pas de taches de chocolat sur son tee-shirt (de toute façon, on les confondait avec les gouttes de sang dégoulinant de la tronçonneuse du clown tueur dont il était orné), Brian a été très bien accueilli.

Par les garçons, d'abord, qui ont formé un cercle autour de lui dans la cour.

– Salut, t'es nouveau ?

– Cool, ton tee-shirt.

Par Anne-Fleur, ensuite. Elle a sursauté si fort en le voyant que j'ai bien dû reconnaître que le chef avait raison. Même si elle ne se l'était pas encore avoué, elle aimait Brian.

– Tu aimes Brian, lui ai-je murmuré à l'oreille.

– Pas du tout ! N'importe quoi ! Comment tu le sais ? m'a-t-elle chuchoté.

– N'aie pas peur. Je ne dirai rien. Tu peux tout me confier, ai-je susurré.

– C'est vrai que comme ça, au grand jour, il est encore plus beau que dans son lit. Et c'est tellement courageux de sa part d'être venu à l'école malgré sa phobie, a-t-elle soufflé.

– Je croyais que tu l'admirais parce qu'il se battait contre le système.

– Oui, mais il évolue, il change, il progresse. C'est un signe d'intelligence. Oh, Raymond, je crois que tu as raison, je l'aime, je suis désolée !

– Pourquoi, désolée ?

– Parce que je sais que tu es amoureux de moi. Je l'ai compris tout de suite. Je ne veux pas que tu souffres, mais je ne peux pas non plus te cacher la vérité.

– Moi ? Amoureux de toi ? Tu plaisantes ? Je ne m'intéresse qu'aux jolies filles, comme Bérénice.

– C'est merveilleux. Je suis tellement soulagée.

Bérénice, justement, a compris direct qu'Anne-Fleur était amoureuse de Brian. Ne me demande pas comment, petit lecteur. Peut-être parce qu'elle le regardait, toute rouge, en poussant de discrets gloussements. Toujours est-il que Bérénice a tout de suite commencé à essayer de le séduire. (Technique simple : grands sourires, bises tout près de la bouche, main dans les cheveux du garçon, etc.)

La maîtresse a prononcé à peu près le même discours que le jour de mon arrivée. (Le chef lui avait fait parvenir les documents administratifs, sur ma demande.)

C'est à la récré que ça s'est gâté.

Quand il a sorti les rats.

Il les avait enfermés dans une grosse boîte en plastique, et tout le monde a cru que c'était son goûter. Et les goûters à la récré, chez les petits humains, c'est un sujet très important. Il y a ceux qui apportent de la pâtisserie industrielle (excellent produit : en deux bouchées, ils explosent leur taux de graisse et de sucre dans le sang), d'autres déballent des parts de gâteau ou de brioche confectionnés par leurs parents, c'est joli, ça fait des froissements de papier aluminium, des cris, des discussions, ça donne lieu à des échanges, à des mélanges de salive et de virus.

Mais Brian, avec ses rats, je ne comprends pas bien pourquoi, a créé un malaise.

Il y a d'abord eu ce moment intéressant, ces quelques secondes au cours desquelles la dizaine de têtes penchées sur sa boîte ouverte a pris conscience que, dedans, ça bougeait.

Ça frétillait et, surtout, ça puait très fort.

La dizaine de nez s'est froncée en même temps. La vingtaine d'yeux s'est arrondie.

Et toutes les bouches ont crié.

– Des rats !

– Maîtresse ! Des rats ! Le nouveau, il bouffe des rats pour son goûter !

La maîtresse est arrivée très vite. Depuis l'épisode de la poutre, je trouve qu'elle a perfectionné son sprint.

– Jésus, Marie, Joseph ! a-t-elle hurlé. (Je pense qu'elle était partie pour énumérer toute la famille, mais un des rats a sauté au sol, et ça lui a cloué le bec illico.)

J'ai beaucoup de tendresse pour les rongeurs, et pour les rats en particulier. Ça m'a fait plaisir d'observer à quel point ces petites bêtes paraissaient heureuses de recouvrer leur liberté après tout ce temps dans la cage de Brian. L'une après l'autre, elles ont bondi et détalé sur le bitume de la cour, frôlant les chevilles nues, se glissant par erreur sous la jupe de Fanny Flipote, qui a l'habitude de s'asseoir par terre, au pied du marronnier (je pense qu'elle ne le fera plus), passant sous les portes des toilettes et provoquant quantité de cris, aussi énergiques que variés. Une vraie symphonie du bonheur pour mes oreilles sensibles.

J'avais raison : non seulement les jolis animaux créaient une animation inédite dans cette école un peu morose, mais elles rendaient Brian vraiment *intéressant*, original, presque fascinant. Honnêtement, c'était un exploit. Normalement, sa cote de popularité aurait dû grimper direct.

Eh bien non. Je ne sais pas ce qui s'est passé. Les humains ont un problème avec les rats, semble-t-il. Ils leur préfèrent les chats, leurs ennemis sanguinaires. Les rats ont quand même plus d'allure, d'énergie et d'intelligence. Enfin…

Je crois avoir dit que les humains étaient difficiles à comprendre.

Toujours est-il que nos petits rongeurs ont provoqué une panique générale, la maîtresse a sauté dans les bras de Catherine de Midi-Six qui est partie en courant, suivie d'une ribambelle de mômes hystériques. Brian en a profité pour récupérer et consommer la plupart des goûters abandonnés.

– Tu avais raison, m'a-t-il confié en se léchant les doigts. C'est sympa, l'école, finalement.

Après, les choses ont tourné encore plus mal. D'abord, Anne-Fleur n'a pu s'empêcher de rabrouer Brian. Elle avait eu le courage de ne pas s'enfuir, mais elle lui a tenu un long discours assez ennuyeux et un peu confus sur les rats. Elle a parlé de cruauté envers les animaux, puis a prétendu que Brian risquait de propager des maladies terribles, comme la peste, affirmation qui m'a paru nettement exagérée. Brian l'a mal pris, en tout cas. Il s'est mis à bouder, et Anne-Fleur a aussitôt regretté ses paroles, a tenté de s'excuser, en vain. La sonnerie a fini par retentir et les cours ont repris. La maîtresse, elle aussi, nous a infligé un long laïus très rasoir, une leçon de morale que je n'ai pas écoutée. Brian s'est endormi et Anne-Fleur a passé son temps à le dévorer des yeux, ce qui n'a pas manqué, je l'avoue, de titiller ma jalousie. Je commençais à penser que toutes mes initiatives, ou presque, se terminaient en fiasco.

Et puis, à midi, juste avant la cantine, Brian m'a annoncé :

– J'en ai marre, je m'en vais.

– Hein ? Tu t'en vas ? Mais où ?

– Aucune idée.

Et hop, ni une ni deux, avec une agilité surprenante, il a escaladé la grille de l'école et disparu au coin de la rue. J'ai aussitôt entrevu le bénéfice que je pouvais tirer de la situation.

– Tu devrais le suivre, ai-je conseillé à Anne-Fleur. Il risque de faire une bêtise.

Elle s'est tordu les mains.

– Mais je n'ai pas le droit ! C'est interdit de…

– N'empêche qu'il va peut-être faire une bêtise. Traverser la rue sans regarder, se jeter sous un train, voler des bonbons. Et ce sera ta faute.

– Ma faute ?

– Oui. Tu l'as blessé, tout à l'heure, quand tu as dit que les rats étaient des animaux dégoûtants. Ce sont ses amis. Ses compagnons de solitude. Et toi, tu lui parles de peste. Franchement, c'était humiliant. À sa place, je serais désespéré.

C'est là qu'elle a commencé à se ronger les ongles.

– Mais qu'est-ce que je dois faire ?

– File à sa poursuite ! Rattrape-le ! Je t'accompagne, si tu veux. Allez, un peu de courage !

Dilemme. J'adore les dilemmes, décidément.

Ça y est ! Elle vient de prendre sa décision. D'un bond de gymnaste, elle a franchi la grille.

Je referme ce carnet et je la suis.

vendredi soir

Tout en galopant derrière Anne-Fleur dans les rues de la ville, je me répétais que j'étais génial. Mon plan avait fonctionné. Pour la première fois, elle commettait une mauvaise action. Enfin, disons, une action critiquable. S'évader de l'école, ce n'est pas rien, et ce n'est pas bien.

En tout cas, c'était sûr maintenant, Brian avait *une véritable influence* sur Anne-Fleur. Cette influence que je n'avais pas réussi à exercer. Si, par amour, je deviens humain, peut-être Brian pourra-t-il reprendre mon poste de démon.

Bon, bien sûr, je me doutais que le chef chipoterait. Les motivations d'Anne-Fleur n'étaient pas mauvaises. Elle voulait sauver le garçon de son cœur. N'empêche que, quand on commence à faire le mur, tout peut s'enchaîner très vite. Qui sait si elle ne va pas, demain, jeter un papier gras par terre ? Insulter Bérénice ou révéler sa peur du noir ? Et, de là, on peut imaginer le pire : tirer la langue à la maîtresse, être insolente avec ses parents, regarder un match de foot en mangeant de la pizza ?

Je la tiens, j'en suis sûr.

Bientôt, ma chère Anne-Fleur, tu seras devenue une méchante fille, et moi je volerai vers de nouvelles aventures.

Donc nous courions. Elle était affolée, perdue. Il est vrai qu'elle n'avait pas l'habitude de se trouver en ville à une heure pareille. C'est plutôt plaisant, d'ailleurs. Je te le recommande, petit lecteur : sèche l'école. Sèche la cantine. Dérobe de l'argent dans les poches de tes parents et va t'empiffrer en compagnie d'adolescents bruyants dans des restaurants pour jeunes saturés de graisse et de musique idiote. C'est beaucoup plus rigolo que le réfectoire, je t'assure.

Anne-Fleur (contrairement à moi) ne paraissait pas avoir très faim. Son seul projet était de retrouver Brian. Mais où était-il passé ?

Craignant qu'elle ne se décourage et ne décide finalement de regagner l'école, je l'ai aidée. Je suivais mentalement la progression de son amoureux (les démons ont un genre de GPS dans la tête), alors je lui ai montré le chemin.

– C'est par là.

– Mais comment tu peux savoir…

– Fais-moi confiance.

Nous l'avons retrouvé facilement. Il sirotait un milk-shake sur un banc, les yeux rivés sur l'écran de son téléphone portable, où se déroulait une partie sanglante de je ne sais quoi.

– Ne refais plus jamais ça ! s'est exclamée Anne-Fleur en s'écroulant, hors d'haleine, à côté de lui. J'étais morte d'inquiétude.

Puis, prenant le milk-shake des mains de Brian, elle en a pompé plusieurs gorgées goulues.

– C'est trop bon, a-t-elle soupiré en le lui rendant.

J'ai souri. Jamais, avant, elle n'aurait consenti à porter à ses lèvres une boisson aussi chimique et calorique. Le pouvoir corrupteur de l'amour agissait. Mais Anne-Fleur, peu à peu, s'est absorbée dans ses pensées. Je suis donc allé les lire, moi aussi. Elles étaient claires comme de l'eau de roche : maintenant qu'elle avait retrouvé Brian, elle recommençait à s'inquiéter pour l'école, pour ses parents, entrevoyait les ennuis qui n'allaient pas tarder à lui tomber dessus. Il fallait vite que j'invente quelque chose, sinon elle finirait par rentrer dare-dare se constituer prisonnière.

– Dites, les copains, ai-je proposé, si on volait son argent à ce mendiant pour nous acheter des hamburgers ?

Brian a paru trouver l'idée intéressante, mais Anne-Fleur s'est récriée :

– Quoi ? Mais tu es complètement fou !

– Ben quoi ? me suis-je justifié, on ne risque rien. Il est aveugle.

Peine perdue. Elle s'est levée, furieuse, et s'est

éloignée le long du trottoir. Elle n'était pas encore tout à fait mûre pour le Mal. J'ai donné un coup de coude à Brian, qui s'était replongé dans son jeu.

– Vas-y ! Suis-la, bon sang !

– Hein ? Mais pourquoi ?

– Tu es amoureux, oui ou non ?

Il a froncé les sourcils. Je crois qu'il ne saisissait pas le rapport entre le fait d'être amoureux et la nécessité d'interrompre une partie. Beaucoup de garçons sont comme lui.

Mais il l'a fait. Il a rempoché son portable et il a trottiné derrière sa bien-aimée. Elle, forcément, elle a fait semblant de ne pas s'en apercevoir et de ne pas s'en préoccuper, mais ses pensées m'ont révélé qu'en réalité elle vérifiait discrètement du coin de l'œil qu'il était bien sur ses talons. (Pour ce faire, elle observait les reflets dans les vitrines et dans les flaques d'eau. Beaucoup de filles sont comme elle.)

Au bout d'un court moment, il a fini par

la rattraper. Je les suivais, tout en maintenant entre eux et moi une distance respectueuse (mais j'écoutais leur dialogue grâce à mon ouïe démoniaque).

– Excuse-moi, a-t-il dit.

– De quoi tu t'excuses ? a-t-elle demandé.

Là, il n'a plus eu d'idées. Forcément, ce pauvre garçon n'est pas habitué à parler. Encore moins à une fille. Encore moins à une fille dont il est amoureux. Encore moins à une fille dont il est amoureux et qui possède, comme Anne-Fleur, un sens de la repartie associé à un charme désarmant et à une intelligence redoutable. Une machine de guerre, en somme. Je lui ai donc inspiré une réponse.

– Eh bien... Je m'excuse de t'avoir placée dans une situation embarrassante.

– C'est le moins qu'on puisse dire. Je pense que mes parents ne s'en relèveront pas. La dernière fois que je leur ai désobéi, j'avais trois ans. J'ai refusé de reprendre des épinards.

– Ah oui, quand même.

– Mais ma mère a eu l'air triste, alors j'ai cédé.

Il a hoché la tête, perplexe. J'en ai profité pour sonder un peu les motivations d'Anne-Fleur, en suggérant à Brian la question suivante.

– Mais tu ne fais jamais rien… de mal ? Je veux dire, *absolument* jamais ?

Elle a fait mine de réfléchir, ce qui lui a permis de se rapprocher de lui en donnant l'impression de ne pas le faire exprès. Ruse classique. À ce stade, leurs avant-bras se frôlaient. Dans les films de mon chef, c'était l'étape qui précédait le moment où les amoureux échangeaient un long baiser baveux encore plus dégoûtant que de boire à la paille de quelqu'un.

– D'abord, a-t-elle demandé, qu'est-ce que tu appelles « faire quelque chose de mal » ?

Là, Brian n'a pas eu besoin de moi pour répondre.

– Ben, je ne sais pas, tricher, mentir, dire du mal, gaspiller, faire souffrir…

Elle l'écoutait attentivement. Sa main fine

était à deux doigts d'attraper celle, boudinée, de Brian.

– Je ne me prends pas pour une héroïne, mais j'essaie d'éviter, oui. Ça ne m'intéresse pas trop, la méchanceté.

Il a paru surpris.

– Tu n'aimes pas les tueurs en série ?

– Pas vraiment, non.

– Les méchants dans les films ? Les psychopathes ? Dark Vador ? Lucifer ?

Elle a secoué la tête.

– Le Joker ? a-t-il insisté timidement, abattant sa dernière carte.

– Tu dois me trouver très ennuyeuse.

À son tour, il n'a pas répondu. Alors elle a poursuivi :

– Mais en fait, c'est passionnant d'essayer d'aider les gens, de réfléchir à des solutions pour améliorer la vie, pour lutter contre la misère, l'inégalité, la violence. Moi, plus tard, je voudrais être une grande scientifique, ou une romancière. Quelqu'un d'utile. Ça m'occupe suffisamment.

Elle a jeté un mini-coup d'œil à mon reflet qui suivait les leurs, dans la vitrine que nous longions, puis elle s'est encore rapprochée de Brian pour lui souffler dans le creux de l'oreille :

– Par exemple, Raymond, c'est quoi exactement, son problème ? Comment tu crois qu'on pourrait l'aider ?

Brian s'est retourné franchement dans ma direction. À son expression ahurie, j'ai compris qu'il m'avait complètement oublié. J'ai pris un air dégagé et fait mine de m'intéresser aux nuages. À son tour, il a baissé la voix pour répondre.

– Raymond ? Je ne sais pas. Il est sympa, mais il a quelque chose de… bizarre. En fait, il me flanque la pétoche, par moments.

Dans sa tête sont repassés les souvenirs des lombrics, des araignées, de l'eau glacée qui l'avait réveillé en pleine nuit.

– La pétoche ? Mais il est adorable. Ses parents sont morts, c'est tout, a protesté Anne-Fleur.

– Oui, peut-être, a grogné Brian.

Nous étions arrivés à un joli petit square où séchaient quelques arbres rongés par la pollution, à l'ombre desquels rouillaient des bancs constellés de fientes de pigeon, sous lesquels picoraient des pigeons. Une vieille dame édentée leur jetait des miettes, avec de grands gestes solennels, comme si elle semait des graines. Plus loin, un jeune homme, également édenté, somnolait sur une couverture en compagnie de quatre chiens pas édentés du tout.

– C'est charmant, ici, ai-je opiné. On pourrait s'y arrêter pour pique-niquer. Il y a un marchand de sandwichs, là-bas. Il te reste un peu de l'argent que tu m'as volé, Brian ?

J'ai adoré les regards qu'ils m'ont lancés. Celui de Brian était furieux, celui d'Anne-Fleur, consterné.

– Je plaisante, ai-je menti. J'ai des sous. Asseyez-vous sur l'herbe, je ramène de quoi nous sustenter.

En m'éloignant, j'ai capté leur échange.

– Qu'est-ce que je te disais ? Il est flippant, non ?

– Tu me jures que tu ne lui as rien volé ?

– Moi ? Mais enfin, jamais de la vie ! Ça me fait beaucoup de peine, ce soupçon.

– Je suis désolée. Tu vois bien que je peux être cruelle, moi aussi.

Et là, forcément, comme dans les films du chef, ils se sont rapprochés l'un de l'autre. C'est toujours la même chose. À un moment, les amoureux-qui-ne-se-sont-pas-avoué-leur-amour se disputent. Après, il y en a un qui s'excuse, ou qui pleure (ou les deux), et encore après, paf, ils s'embrassent. Puis, souvent, l'un des deux (le garçon, plutôt) dit : « Pardonne-moi, je ne sais pas ce qui m'a pris, je... », et la fille le rembrasse pour le faire taire.

On n'en était pas tout à fait là, mais il fallait agir vite. J'ai acheté trois sandwichs jambon-cornichons au marchand et je suis revenu vers eux le plus rapidement possible. Il était temps. Quand j'ai atteint la pelouse parsemée de crottes de chien où ils s'étaient installés, leurs lèvres n'étaient plus qu'à quelques centimètres les unes des autres.

– C'est bon, ai-je crié, j'ai les provisions!

Et je me suis assis entre eux, avec un grand sourire, avant de distribuer les vivres. Anne-Fleur n'avait pas très faim, Brian, lui, s'est jeté sur son sandwich. J'avais gagné du temps mais, dès qu'ils en auraient l'occasion, ils recommenceraient à se disputer pour de faux, à s'excuser, à se bécoter pour de vrai, et c'était insupportable.

– On est bien, ici, hein? ai-je lancé tandis qu'un troupeau de pigeons et de corbeaux confluait vers nous, attiré par la nourriture.

– Mieux qu'à l'école, en tout cas, a approuvé Brian, la bouche pleine.

– Quand on songe que les autres, à l'heure qu'il est, s'apprêtent à rentrer en classe.

Anne-Fleur ne parlait pas. Elle paraissait préoccupée, tout à coup. J'ai vu qu'elle pensait à la maîtresse. Tant mieux. Ça la distrayait de Brian.

– Évidemment, l'institutrice aura des ennuis, ai-je dit, pour nourrir la conversation.

– Comment ça ? a demandé Anne-Fleur, inquiète.

– Ben oui. Trois élèves qui se font la malle alors qu'ils étaient sous sa responsabilité, tu imagines ? Les parents vont porter plainte contre elle. Elle sera mutée dans une région épouvantable, froide, triste, où elle ne pourra pas faire cours parce que personne ne l'écoutera. Le soir, elle rentrera dans son petit appartement sinistre au dernier étage d'une tour peuplée de drogués et d'assassins. À moins qu'elle ne soit renvoyée, tout simplement.

Anne-Fleur s'est levée, toute pâle, a offert son sandwich au jeune homme édenté, qui l'a réparti entre ses chiens, puis elle est partie en courant.

– Ben qu'est-che qui lui prend ? a demandé Brian.

– Aucune idée.

À présent, c'est le crépuscule. La journée

s'est bien passée. Nous nous sommes promenés en ville, Brian et moi, puis nous sommes rentrés chez ses parents, qui nous ont un peu grondés, mais Brian a versé une larme et sa mère a fini par le consoler. Ensuite, il est monté dans sa chambre reprendre sa partie interrompue.

Moi, j'écris.

Je ne sais trop quel bilan tirer de tout cela. Au moins, Brian et Anne-Fleur ne se sont pas embrassés.

Demain, c'est samedi. Je ne la revois que dans deux jours.

Ça va être long.

Alors, petit lecteur ? Ton avis ? De qui es-tu amoureux, au fait, toi ? Ah oui ! D'accord ! Elle ? Je vois son image dans ta tête. Écoute, laisse-moi te le dire, tu n'as aucune chance. Non, je viens de vérifier, elle ne t'aime pas du tout. Oui, je sais, Anne-Fleur a craqué pour Brian, mais c'est vraiment exceptionnel, ce genre de truc. À mon avis, elle l'aime parce qu'elle a compris tout de suite qu'aucune autre fille ne le regarderait jamais. Elle l'aime comme elle aime les gens malheureux, les pauvres, les animaux en voie de disparition, les légumes moches.

En tout cas, pour toi, je te le confirme, c'est fichu. Celle dont tu rêves ne s'intéresse pas du tout à toi. Elle préfère un autre type, tu sais, ce grand garçon plus musclé que toi et qui danse mieux. Toutes les filles ne sont pas comme Anne-Fleur, crois-moi. La plupart préfèrent les beaux gosses.

lundi

Je me suis trompé. Le week-end ne m'a pas paru long.

Il a été interminable.

Comme il pleuvait, Raoul et Marguerite ont voulu nous emmener en promenade.

– Tu verras, m'ont-ils dit, une promenade sous la pluie, en forêt, c'est de la poésie pure, du bonheur à l'état brut. Brian adore la forêt depuis qu'il est tout petit, n'est-ce pas, Brian ?

– Pas question que je mette un pied dans la bouillasse. Je reste ici, j'ai des trucs à faire.

Alors nous y sommes allés tous les trois. Raoul et Marguerite se tenaient la main tendrement. Ils trouvaient tout merveilleux, les gouttes d'eau sur les feuilles et, dans le cou, la terre noire qui collait aux semelles, l'odeur de champignons décomposés. Ils jugeaient aussi que ma présence faisait beaucoup de bien à Brian, qu'il était infiniment plus ouvert depuis que j'étais là. Selon eux, la demi-journée qu'il avait passée à l'école était *une grande victoire*.

Quand ils ont eu fini de se réjouir de tout, ils se sont embrassés tous les trois pas, en poussant de petits glapissements de rire. Je ne sais pas si je commence vraiment à tomber amoureux d'Anne-Fleur, mais, en tout cas, je refuse de devenir comme eux. Dès que possible, j'abandonne ce corps ridicule.

C'est du moins ce que je me suis dit tout au long de ce dimanche sans fin.

Et puis ce matin, à l'école, j'ai retrouvé Anne-Fleur et je me suis senti mieux. La maîtresse n'avait pas été licenciée. Elle était toujours à son poste. Un peu pâle, un peu fâchée contre nous, mais pas trop. Nous nous sommes expliqués tous les quatre (oui, Brian avait finalement trouvé l'énergie de revenir) pendant que les autres faisaient un devoir surprise de grammaire.

– Je veux bien tout comprendre, a assuré la maîtresse. Que tu aies eu du mal à affronter l'école, Brian. Que tu te sois enfui. Que tes camarades t'aient suivi pour te protéger. Tout ça part d'une bonne intention. Mais vous ne me refaites plus jamais ça, vous entendez ? Plus *jamais* !

Là, elle est devenue toute rouge et j'ai cru qu'elle allait faire un malaise, mais elle s'est reprise. Nous avons promis.

À la récré, je réfléchissais encore à la notion de *bonne intention*. Est-ce qu'une bonne intention pouvait déboucher sur une mauvaise action ? Ou le contraire ? Une mauvaise intention donner lieu à une bonne action ? Il faudrait que j'en parle au chef. Finalement, c'était peut-être son vrai but, quand il m'a ordonné de m'incarner. Il voulait que je sois confronté à des situations très embrouillées. Si je n'étais pas capable de m'en sortir, inutile d'envisager une promotion.

Était-il possible que moi, RZSQSODIU-

FQSX, j'échoue après des siècles de succès ? Que mon élan triomphal soit brisé par l'obstination tranquille d'une gamine que le Mal n'intéresse pas du tout ?

Une gamine très mignonne, en plus.

C'est l'instant qu'elle a choisi pour venir me parler. Elle tombait mal, j'étais de mauvaise humeur.

– Je te dérange ?

– Un peu, oui.

– Tu souffres à cause de moi ? Parce que Brian et moi on a failli s'embrasser ?

J'ai grommelé quelque chose de vague.

– Si tu le souhaites, a-t-elle proposé en baissant les yeux, j'abandonne.

– Pardon ? Tu abandonnes quoi ?

– Brian. Je renonce à lui. Je ne veux pas que tu sois malheureux. Tu as déjà tellement de soucis.

Je n'en revenais pas. Cette fille était vraiment *anormale*. S'imposer de renoncer au garçon qu'elle aimait pour ne pas en faire souffrir un autre, honnêtement, je n'avais jamais vu ça.

– Ma foi, ai-je dit, ce n'est pas une mauvaise idée. Tu pourrais laisser tomber.

Elle a hésité quelques instants, puis a battu des cils. Ce battement de cils, je l'avais déjà vu souvent, par contre.

– D'un autre côté… a-t-elle commencé d'une petite voix enjôleuse.

– Oui ?

– Si tu m'aimes vraiment, tu dois désirer mon bonheur, non ? Et mon bonheur, c'est d'embrasser Brian. Je sais que tu es un garçon fabuleux, Raymond. Au fond de toi, c'est ce que tu veux, pas vrai ?

– Quoi ?

– Mon bonheur.

– Moi ? Mais absolument pas ! Et d'abord, je n'ai jamais dit que j'étais amoureux de toi ! C'est toi qui t'es mis cette idée idiote dans la cervelle depuis le début.

– Génial ! Dans ce cas, tu pourrais peut-être me donner des conseils ?

– Des conseils ? Pour quoi ?

– Pour le séduire.

D'un mouvement de menton, elle a désigné Brian qui jouait sur son portable. Il lui a adressé un coucou distrait, de loin. Une brève incursion dans sa tête m'a appris qu'il jouait parce qu'il était trop timide pour repartir à la conquête d'Anne-Fleur, qu'il avait trop peur d'échouer et aussi parce qu'il était presque arrivé au niveau 9 de sa partie, et qu'il ne pouvait pas se permettre de s'interrompre maintenant.

– Alors ? a insisté Anne-Fleur. Tu vois, il est distant. Est-ce qu'il t'a parlé de moi ? Est-ce que j'ai mes chances, dis ?

À cet instant, j'ai compris qu'une nouvelle occasion m'était offerte de faire basculer Anne-Fleur du côté sombre. Elle voulait des idées pour séduire Brian ? Eh bien, j'allais lui en donner.

– Oui, on a parlé de toi. Beaucoup. Tout le week-end.

– Alors ? Vite ! Ça sonne dans une minute !

Pour la première fois depuis notre rencontre,

je crois qu'elle était vraiment suspendue à mes lèvres. Prête à tout. Il fallait jouer finement.

– Il t'aime bien, mais…

– Mais quoi ? QUOI ??

– Il te juge un peu trop… sage.

Elle s'est rembrunie.

– Tout ce que tu lui as expliqué sur tes projets d'avenir, la paix dans le monde, la gentillesse, le bonheur des hommes…

– Il me trouve ennuyeuse, c'est ça ?

– Non, il n'a pas dit ça.

– Qu'est-ce qu'il a dit ?

– Il a dit *sinistre.*

– Sinistre ?

– Sinistre.

Là, j'ai vraiment cru qu'elle allait se mettre à pleurer, mais elle a pris sur elle.

– Ce qu'il faudrait, ce serait que tu le surprennes. Que tu aies le courage, pour une fois, de faire quelque chose… d'interdit. Une mauvaise action. Une vraie, tu comprends ? Pas juste t'enfuir de l'école pour y revenir ventre à terre.

La sonnerie a retenti.

– Mais quoi ? a-t-elle demandé, désespérée. Je n'ai jamais fait ça, moi !

– Je peux t'aider, si tu veux. Je vais réfléchir.

– Merci, Raymond. Tu es incroyable. Un ami. Mon meilleur ami.

Je me suis souvenu que Brian, lui aussi, me considérait comme « un vrai pote ». Les gens semblent éprouver spontanément de la sympathie pour le démon. Anne-Fleur m'a regardé avec tendresse.

Et elle m'a embrassé.

Sur le nez.

Puis nous sommes rentrés en classe.

mardi

Quand Anne-Fleur est arrivée à l'école, ce matin, j'ai vu danser dans son regard une étincelle prometteuse.

Cette fois, je le sentais, *quelque chose* avait changé. Allait changer. Elle est venue à moi, sans hésiter, m'a fait deux bises et un clin d'œil avant de me murmurer : «Tu vas voir ce que tu vas voir.»

Puis elle s'est plantée au milieu de la cour, a vérifié que Brian la regardait et lui a adressé un sourire charmeur. Il est devenu rouge foncé, un peu comme un jambon italien. Lui, par contre, je ne suis pas certain qu'on puisse en espérer des progrès. C'est sûr, il vient à l'école, mais ses efforts amoureux s'arrêtent là. Il m'a avoué hier soir qu'il se sentait incapable d'aligner deux phrases devant Anne-Fleur (de façon générale, il a du mal à aligner deux phrases) et que, «pour l'instant», sa stratégie consistait à jouer sur son téléphone portable en attendant qu'il se passe quelque chose. Raoul et Marguerite estiment qu'il progresse. Moi, je me demande ce qu'Anne-Fleur lui trouve.

Mais revenons à elle.

Elle était là, donc, près du marronnier, et semblait à l'affût de quelque chose ou de quelqu'un. Comme j'ai horreur des devinettes, je suis allé déchiffrer ses pensées. Réponse : elle guettait l'arrivée de Bérénice. Celle-ci, justement, a franchi le portail, entourée d'une poignée d'admirateurs, des garçons gentils, qui riaient très fort à ses blagues en exhibant leurs appareils dentaires.

D'habitude, pour échapper aux ennuis, Anne-Fleur sait se faire discrète. Elle baisse les yeux devant Bérénice, l'évite, ne répond à aucune de ses provocations.

Mais là, au contraire, elle s'est placée sur son chemin, comme si elle voulait lui faire barrage. Bras croisés, tête haute, yeux dans les yeux, sourire aux lèvres.

– Ben qu'est-ce qui t'arrive ? lui a demandé Bérénice, interloquée, limite inquiète.

– Rien, a rétorqué Anne-Fleur. Et toi ? Tout roule ?

Bérénice a pâli et consulté brièvement ses acolytes du regard. Quelque chose ne tournait pas rond. Même moi, j'étais impressionné. Brian avait cessé de malaxer son téléphone.

– Euh… oui, pourquoi ?

Sur le visage d'Anne-Fleur, un lent sourire s'est épanoui. Un sourire assez laid, je dois dire. Un rictus inhabituel, qui découvrait ses canines, plus pointues que je ne l'aurais cru. Une méchante grimace.

– Pour rien. Il ne faisait pas trop… sombre dans ta chambre ? Pas de cauchemars ?

Bérénice s'est empourprée. En une seconde, elle avait tout compris : qu'Anne-Fleur connaissait son secret. Qu'elle était prête à le révéler. Qu'elle la tenait en son pouvoir. Et que ça lui faisait extrêmement plaisir. Elle, la fille la plus cool de l'école, dormait une nuit sur deux (au moins) dans le lit de ses parents avec sa peluche cochon.

Je jubilais. Bien sûr, Anne-Fleur testait la méchanceté par amour pour Brian (les humains sont quand même délicieusement tordus), mais elle y trouvait une satisfaction nouvelle qu'elle ne tarderait pas à rechercher en commettant d'autres vacheries, j'en étais sûr. Le mal est une drogue. Quand on y goûte, on ne peut plus s'en passer.

– Je me disais, a poursuivi Anne-Fleur, que ce midi tu pourrais aider Catherine de Midi-Six à débarrasser les tables à la cantine. Ou pour passer un coup de balai. Qu'est-ce que tu en dis ?

Le visage de Bérénice a viré du rouge au

jaune clair en une seconde. Nul n'ignorait qu'elle méprisait Catherine de Midi-Six et se faisait une joie de renverser de la sauce sur le carrelage (oups ! Quelle maladroite je suis !) ou d'y tartiner de la crème pour le plaisir de lui donner plus de travail. Nul ne l'ignorait, mais personne, jusqu'ici, n'avait osé la dénoncer. Lui demander d'aider la dame de la cantine constituait un affront inouï. L'un de ses admirateurs a esquissé un sourire, mais un autre l'a effacé d'un coup de coude.

– Pourquoi je ferais un truc aussi débile ? a gémi Bérénice.

Elle était aux abois, mais tentait quand même de se donner une contenance. L'effet produit était désastreux. Elle ressemblait à un caneton contrarié, dans un vieux dessin animé.

– Parce que, à force, toutes les vacheries que tu lui fais en douce risquent de te faire faire… des cauchemars. Tu ne crois pas ? Tu es sûre que tu dors bien ? Tu me parais un peu pâle.

– Pourquoi tu lui parles toujours de son

sommeil ? s'est renseigné un des garçons qui assistaient à la scène. Tu as des problèmes avec ça, Bérénice ?

– Non, pas du tout, n'importe quoi ! a répondu cette dernière, beaucoup trop vite. C'est bon, je vais voir ce que je peux faire pour Midi-Six.

Et elle est partie, furieuse, vers le préau, où elle a attendu la sonnerie en boudant. Anne-Fleur m'a souri, radieuse. Je l'ai gratifiée d'un hochement de tête approbateur. Elle progressait : menaces voilées, tentative d'intimidation, chantage, atteinte à la vie privée. Elle était quasiment prête pour les réseaux sociaux.

Bon, bien sûr, Anne-Fleur restait Anne-Fleur, et son action aurait une conséquence bénéfique : Bérénice cesserait probablement d'importuner Catherine. Mais quand même. Jamais elle ne se serait autorisé un tel comportement avant.

Elle a rejoint Brian, qui avait rempoché son téléphone, et s'est mise à parler avec lui. J'ai préféré ne pas écouter leur conversation.

Apparemment, ça y était, il parvenait à aligner des phrases.

L'amour a des effets magiques.

À peine étions-nous entrés en classe que la maîtresse s'est écriée :

– Contrôle surprise !

J'ai retenu Nathan qui vacillait, pour l'empêcher de s'écrouler.

Quelques voix se sont mollement élevées, pour protester, mais la maîtresse n'en a tenu aucun compte et a commencé à distribuer les sujets.

C'est alors qu'un nouvel événement extraordinaire s'est produit. Anne-Fleur, debout au milieu de la salle, très droite, a pris la parole :

– On le fera pas, votre devoir débile.

La maîtresse, interloquée, a eu une drôle de réaction. Elle a regardé par la fenêtre. Comme si ces mots ne pouvaient provenir que de l'extérieur, d'un haut-parleur fixé sur un drone, par exemple, pour une caméra cachée. Puis elle a réalisé, et ses yeux se sont posés sur Anne-Fleur.

– Je… je te demande pardon ?

Anne-Fleur ne s'est pas démontée, bien au contraire. Elle était complètement remontée.

– On en a marre de vos méthodes. Vous terrorisez tout le monde avec vos contrôles surprises.

Des marmottements approbatifs ont commencé à se répandre.

– Silence ! a hurlé l'institutrice. À vos places !

Anne-Fleur a hoché négativement la tête.

– Vous traumatisez les gens. Regardez Nathan. Il est angoissé en permanence à cause de vous.

– C'est vrai, a confirmé Nathan. Je suis comme Bérénice. Je dors mal.

Il a fait trembler ses lèvres, pour montrer à quel point il était détruit par les méthodes terroristes de la prof.

– Pas du tout, a nié Bérénice. Je dors parfaitement.

– Après, a poursuivi fielleusement Anne-Fleur, il ne faut pas s'étonner que certains élèves fragiles fassent le mur. Ça ne me paraît pas très professionnel, tout ça.

La maîtresse était tellement stupéfaite qu'elle a voulu s'asseoir sur le bureau, mais sa fesse a dérapé sur le coin du meuble et elle a failli se retrouver les quatre fers en l'air. Les feuilles du contrôle ont volé dans l'air, parmi les ricanements.

– Comment… a-t-elle fini par prononcer, comment oses-tu…

Mais Anne-Fleur ne l'écoutait plus, trop occupée à parfaire, pour Brian, un sourire insolent.

Je ne sais pas ce que tu en penses, petit lecteur, mais moi, à la place du chef, je m'accorderais ma promotion. C'est vrai, quoi ! Insolence, refus d'obtempérer, je trouve qu'Anne-Fleur ressemble de moins en moins à la petite fille modèle que j'ai rencontrée au début de cette histoire. Eh bien, non. Il n'a rien voulu savoir. «Trop léger, m'a-t-il dit. Rien d'assez grave.»

Ce n'est pas pour critiquer, mais ce genre de réaction, moi, j'appelle ça du laxisme. De la permissivité. Ces mots-là aussi, tu les chercheras dans le dictionnaire. Je ne vais pas faire le boulot à ta place. Ou bien, tiens, dis à tes parents que tu les trouves laxistes et permissifs, ça lancera sûrement une discussion intéressante.

mercredi midi

Hier soir, j'étais un démon heureux, même si mon chef me résistait encore. En y réfléchissant, des perspectives fabuleuses s'ouvraient à moi. J'étais persuadé d'avoir enfin conduit la petite Anne-Fleur sur la mauvaise pente. J'allais monter en grade, gravir tous les échelons d'un coup, devenir Chef, super Chef, Général, Roi des Monstres Infernaux, diriger les Forces du Mal à travers l'Univers. (Quand je m'excite, je mets des majuscules partout, pas toi ?) J'étais si fier de moi que j'en avais oublié ma jalousie. Moi ? Tomber amoureux d'une humaine ? Qu'est-ce que c'était encore que ce délire ?

Le patron avait le cerveau ramolli par les films de la vieille, voilà tout.

Le comportement d'Anne-Fleur semblait me donner raison : elle s'était montrée désagréable, moqueuse, insolente, avait jeté par terre quatre papiers de bonbon. Quand la maîtresse avait finalement réussi à imposer son devoir surprise, Anne-Fleur avait refusé de le faire et était restée une demi-heure les bras croisés en mâchant du chewing-gum ! À la cantine, elle avait laissé tous ses légumes verts ! L'étape suivante, c'était quoi ? Braquer une banque, sans doute.

Et puis, ce matin, hélas, patatras, catastrophe.

Elle est arrivée dans la cour tête basse, confuse, repentante. Directement, elle a présenté ses excuses à Bérénice.

– Je suis désolée, je ne sais pas ce qui m'a pris, hier. J'étais… de mauvaise humeur.

L'autre, encore outrée d'avoir aidé Catherine de Midi-Six à nettoyer les tables, l'a foudroyée du regard sans répondre. Visiblement, elle n'acceptait pas son repentir. Et sa vengeance serait terrible.

Même topo avec la maîtresse. Des excuses publiques ! Qu'arrivait-il à Anne-Fleur ? Ses parents lui avaient sans doute lavé le cerveau. L'institutrice s'est montrée particulièrement compréhensive, elle a affirmé qu'elle ne lui en voulait pas, que son intervention d'hier, certes un peu brutale, l'avait fait réfléchir. Elle avait compris que les contrôles surprises pouvaient, en effet, susciter de l'anxiété chez certains. Elle a annoncé officiellement qu'elle n'y recourrait plus, désormais. Nathan s'est aussitôt gonflé de bonheur, comme un soufflé dans un four chaud. Et, à propos de four chaud, la maîtresse avait apporté des gâteaux pour fêter tout ça. Nous n'avons pas travaillé pendant deux bonnes heures. Il a été décidé que toutes les semaines, dorénavant, se tiendrait une grande réunion, au cours de laquelle chacun pourrait donner son avis sur le fonctionnement de la classe. Des cris de joie ont retenti, tout le monde a levé bien haut son gobelet de soda, on se serait crus dans un club de vacances.

– Je sens que ma phobie s'atténue de jour en jour, a opiné Brian en mâchant son cake.

– Tu ne me trouves pas trop lâche ? lui a timidement demandé Anne-Fleur. J'ai essayé d'explorer mon côté sombre, mais, franchement, ça ne me correspond pas du tout. Je n'ai pas dormi de la nuit.

– Lâche ? Tu rigoles ! J'aimerais bien avoir la moitié de ton courage, a répondu Brian.

– Mais c'est très courageux de combattre ta phobie scolaire !

– Non, si j'avais vraiment du cran, j'oserais t'avouer que je… Eh bien, que je…

– Que tu quoi ?

Là, j'ai arrêté d'écouter. Ça devenait vraiment trop tartignolle.

Ni une ni deux, j'ai laissé mon corps dans la classe, en train de bâfrer (apparemment, il n'avait pas besoin de moi pour ça), et j'ai filé chez mon chef.

– RZSQSODIUFQSX ! s'est-il exclamé. Quel bon vent vous ramène ?

Il était assis à la table de la cuisine et surveillait la vieille dame qui cuisinait quelque chose d'appétissant.

– Vous le savez bien. J'ai échoué.

Il m'a fixé en plissant ses gros yeux suintants.

– Échoué ? C'est tout ce que vous avez à me dire ?

J'ai acquiescé en soupirant.

– Oui, chef. J'ai tout essayé. Hier, j'ai vraiment cru que la victoire était à portée de main, mais voilà, Anne-Fleur est plus forte que moi. Mes tentatives se retournent contre moi. Regardez, tout ce que j'ai obtenu, c'est que Brian est en train de trouver l'énergie de lui avouer sa flamme.

– Je confirme. À l'heure qu'il est, c'est la récréation et ils s'embrassent sous le marronnier. Ça fait mal, hein, RZSQSODIUFQSX ?

– Pas du tout.

Mais, même sans mon corps, je sentais mon

estomac se retourner. J'ai repris la parole avec difficulté.

– Au train où vont les choses, si je continue, je vais finir par amener la paix sur Terre, réconcilier les élèves et leurs profs, les parents et les enfants. Je suis tout près de devenir le bienfaiteur de l'humanité.

Mon chef a souri, puis secoué sa grosse tête molle.

– Je vais vous dire, RZSQSODIUFQSX, vous manquez d'initiative. Vous êtes un démon, oui ou non ?

– Je le croyais, jusqu'à aujourd'hui.

– Eh bien, dans ce cas, comportez-vous comme un démon. Un vrai.

– C'est… c'est-à-dire ?

Il a esquissé un geste vague avant de tremper son long doigt dans la marmite de la vieille et de le lécher.

– Un authentique démon ne s'avoue jamais vaincu. Il ne recule devant rien. Pour l'instant, vous avez eu recours à des ruses médiocres, à de timides expédients. Montrez-vous à la hauteur de votre adversaire ! Combattez le Bien par le Mal.

Sans répondre, j'ai réintégré mon anatomie au moment où nous retournions dans la salle de classe. Anne-Fleur et Brian se tenaient par la main. Une vague idée commençait à se former dans mon crâne.

J'y ai réfléchi toute la matinée. Après la cantine, comme nous sommes mercredi, nous sommes rentrés, Brian et moi. Je n'écoutais pas son babil intarissable. Il jurait que sa vie allait changer, maintenant qu'il était *en couple*.

J'ai pris ma décision. Je tente le tout pour le tout. Le Bien par le Mal. Tu vas voir ce qu'on va voir, petit lecteur.

mercredi soir

En début d'après-midi, donc, j'ai demandé à Brian s'il avait l'intention d'aller retrouver Anne-Fleur, maintenant qu'ils étaient officiellement *ensemble.*

Il a à peine levé les yeux de sa console.

– Mmmmh ? Non, je pense que je dois éviter de la coller. C'est mauvais pour un couple, d'être tout le temps l'un avec l'autre. Je lui laisse sa liberté pour aujourd'hui et nous nous reverrons demain, impatients, et plus amoureux que jamais.

D'accord. Parfait. La voie était libre. J'ai dit que j'allais faire un tour. Raoul et Marguerite ont trouvé cette idée formidable. Ça prouvait que j'étais parfaitement autonome, indépendant, que j'avais pris mes marques chez eux.

Anne-Fleur était au club d'équitation, occupée à brosser Lasagne. Quand je me suis matérialisé, à l'entrée du box, elle a sursauté, et le poney a bronché. Les bêtes sont plus douées que les humains pour repérer les démons.

– Tu m'as fait peur ! s'est-elle exclamée joyeusement.

J'ai souri. Elle n'avait encore rien vu.

– Alors ? ai-je répondu. Heureuse ?

Elle a hoché la tête, en étrillant plus vigoureusement l'animal, qui paraissait de plus en plus nerveux.

– Je suis contente que tu sois venu. C'est grâce à toi, tout ça.

– Grâce à moi ?

– Oui, tu m'as fait comprendre que je devais agir pour conquérir Brian. Bien sûr, ton conseil n'était peut-être pas le meilleur, mais, tu vois, ça y est. On est ensemble.

– C'est vrai, ai-je concédé. Il voulait

absolument te rejoindre, mais je lui ai recommandé de ne pas trop te courir après. Ç'a été dur de le convaincre. À l'heure qu'il est, il ronge son frein à la maison en composant des poèmes d'amour qu'il déchire à mesure qu'il les écrit.

– Il est trop mignon, a soupiré Anne-Fleur, émue.

Un silence s'est installé, au cours duquel (j'ai suivi ses pensées) elle s'est imaginée en train de se promener avec son amoureux, successivement dans une grande ville, au sommet d'une montagne enneigée et, pour finir, en forêt. Je lui souhaite bien du courage. Enfin, elle est revenue à moi.

– Et toi ? m'a-t-elle demandé.

– Quoi, moi ?

– Tu… tu vas bien ?

J'ai planté mes yeux dans les siens. Nous nous tenions chacun d'un côté du poney, qui paraissait mal à l'aise.

– Moi, ai-je répondu, j'ai quelque chose à t'avouer.

Elle a soupiré.

– Mais je le sais déjà, ce que tu veux me dire, Raymond. Je t'ai expliqué que…

– Je ne m'appelle pas Raymond.

Un point pour moi, ça lui a coupé la chique. Sa bouche s'est entrouverte, ses yeux se sont arrondis, sa brosse est demeurée en suspens au-dessus du dos de Lasagne.

– Tu… tu t'appelles comment ?

– RZSQSODIUFQSX.

– Hein ?

– Et je suis un démon.

Encore quelques secondes de silence perplexe, puis son visage s'est déformé subitement, de grosses larmes ont coulé le long de ses joues, et elle s'est mise à émettre d'étranges bruits, comme un jeune phoque qui aurait avalé de travers.

Eh oui, ça calme, hein ? C'est terrifiant d'apprendre qu'un de vos amis est en fait un Monstre des Ténèbres. J'ai savouré quelques secondes l'épouvante que je lui inspirais.

Puis j'ai fini par comprendre qu'elle riait. Aux éclats. Elle étouffait de rire.

C'était vexant.

– Un démon ? a-t-elle enfin réussi à articuler. Mais, Raymond, tu es le garçon le plus mignon, le plus doux, le plus délicat que je...

Je ne lui ai pas laissé le temps d'achever sa phrase. À vrai dire, elle m'agaçait un peu. J'ai commencé par me transformer en démon tel que tu te les représentes, petit lecteur. J'ai sorti tout l'attirail d'Halloween, cornes, queue fourchue, fourche, yeux rouges, flammes, ailes de vampire, poils noirs sur l'ensemble du corps. Ensuite, je l'ai prise par la main et nous nous sommes envolés, traversant le toit de l'écurie. Nous avons survolé la ville à la vitesse d'un petit avion de tourisme (je ne voulais pas trop l'effrayer, dans un premier temps), j'ai effectué quelques loopings, deux ou trois piqués. Puis je nous ai rendus invisibles et nous nous sommes retrouvés dans la chambre de Brian, qui jouait à la PlayStation. Après quoi, je lui ai encore

montré quelques trucs de base, nous sommes entrés dans la tête de ses parents, puis dans les égouts de la ville que nous avons parcourus à grande vitesse avant de ressortir par un robinet du poney-club. Enfin, pour être certain qu'elle ne pense pas avoir rêvé, j'ai teint en rose vif la crinière de Lasagne.

Quand nous nous sommes retrouvés assis l'un à côté de l'autre sur une botte de foin (j'avais eu la courtoisie de reprendre mon apparence humaine), elle ne riait plus.

Plus du tout.

– Alors ? ai-je demandé au bout d'un moment.

Elle s'est écartée de moi, prudemment, a ouvert la bouche, mais il lui a fallu presque une minute avant de pouvoir articuler.

– Qu… qu'est-ce que tu me veux ?

Je me suis éclairci la voix, à mon tour, puis je lui ai serré la main.

– J'ai besoin de toi, Anne-Fleur.

Et je lui ai tout raconté. Tout. Ma promotion. Mes vaines tentatives pour la débaucher. Mon chef. Absolument tout.

jeudi

En fait, je ne lui ai pas *vraiment* tout dit. J'ai juste modifié un infime détail, sans quoi je n'avais pas la moindre chance de réussir. Si je lui avais expliqué en quoi consisterait ma promotion, elle se serait enfuie à toutes jambes. Anne-Fleur n'est malheureusement pas le genre de fille qui vous donne un coup de main pour devenir un super-démon, un prince de la terreur, un méga-cruel.

Et c'est bien dommage, crois-moi, petit lecteur, parce que ça m'aurait bien simplifié les choses. Voici donc comment j'ai été contraint de lui présenter ma situation : je lui ai raconté que, si elle acceptait de se laisser influencer par moi et de commettre une bêtise, une vraie, quelque chose d'objectivement grave, de fourbe, de lâche, de moche, de méchant, alors, moi...

Moi, je deviendrais un ange.

Je le reconnais, c'est une idée grotesque, mais elle m'est venue comme ça. Généralement, les filles aiment bien les anges, pour ce que j'en sais. Enfin, quand je dis les anges, je parle de ces poupons ailés, rubiconds, au sourire de drogué qu'on aperçoit dans les tableaux et dans les crèches en pain d'épices. Parce que, les vrais anges, j'ignore s'ils existent. Ou alors, ils ressemblent à Anne-Fleur.

Toujours est-il que le mot a produit son petit effet. J'ai bien vu que l'idée d'aider quelqu'un à devenir un ange lui plaisait. Peut-être également celle de faire une authentique bêtise, dans une bonne intention, sans risque d'être tourmentée par sa conscience. Un ange, ce n'est pas rien. Enfin, je pense.

– Je… J'ai besoin de réfléchir, a-t-elle prononcé d'une voix blanche.

Lasagne a hoché la tête, comme s'il lui fallait un peu de temps, à lui aussi, pour digérer toutes ces infos et s'habituer à sa crinière rose.

J'ai acquiescé avec une expression désespérée. Je commence à mieux maîtriser mon visage et j'arrive à lui imprimer des sentiments à peu près crédibles. La joie, la tristesse, et même la peur. Elle s'est inquiétée.

– Qu'est-ce que tu as ?

– Moi ? Oh, rien. Rien du tout.

– Si, je vois bien que quelque chose te tracasse. Si tu veux que je t'aide, tu dois tout me dire.

J'ai poussé un profond soupir (très bien fait, lui aussi).

– Eh bien… je n'ai plus beaucoup de temps.

– Plus beaucoup de temps ? Comment ça ?

Là, j'ai improvisé. Et je dois avouer que je ne suis pas mécontent de moi :

– Si je ne réussis pas rapidement, je devrai redescendre… LÀ-BAS.

J'ai ajouté quelques effets spéciaux un peu spectaculaires : yeux rouges, langue de serpent fusant entre mes incisives, et même un bouquet de flammes bleues dans mes paumes. Ça n'a duré que quelques secondes, mais ç'a suffi pour la sidérer.

– Tu… tu veux dire… en enfer ?

– Ne prononce pas ce mot. Chez nous, on parle juste de *là-bas*.

– Et… qu'est-ce que tu dois y faire, *là-bas* ?

J'ai vu défiler dans sa tête une série d'images assez rigolotes, inspirées, sans doute, de peintures qu'elle avait dû contempler en frissonnant dans des églises ou des musées. On y distinguait de pauvres êtres soumis aux pires supplices dans des souterrains infects. Les humains ont beaucoup d'imagination. Naturellement, je n'ai pas démenti.

– Tu sais bien… me suis-je contenté de répondre, en roulant des yeux énigmatiques.

Tandis qu'elle posait la main sur sa bouche, horrifiée, j'ai ajouté :

– Évidemment, je préférerais devenir un ange. Je te laisse jusqu'à demain pour me donner ta réponse.

Et, pour parachever ma scène, pouf, je me suis évaporé dans un petit nuage de salpêtre.

J'ai fini la soirée tranquille avec Brian, à jouer aux jeux vidéo en mangeant des nuggets. C'était plutôt sympathique. Ensuite, j'ai bien dormi.

Elle non, apparemment. Ce matin, elle est arrivée à l'école toute pâle, les yeux cernés, les lèvres gonflées, comme si elle avait pleuré toute la nuit. C'était probablement le cas. C'est fou comme les humains bouffissent et deviennent laids à la moindre insomnie. À sa décharge, je reconnais que je l'avais soumise au pire dilemme de sa courte existence : elle avait le choix entre continuer d'être adorable ou commettre un méfait pour permettre à un démon de se muer en ange. Plutôt gratiné comme alternative, j'avoue.

Qu'en dis-tu, petit lecteur ? Tu dors ? RÉVEILLE-TOI TOUT DE SUITE ! Voilà, c'est mieux. Je sais, il est tard et tu as école demain, mais là, excuse-moi, c'est un moment crucial. Alors ? Que ferais-tu, dans une situation pareille ? Tu ne sais pas ? Je vais te dire, tu es un peu mou, des fois. Comment veux-tu réussir dans la vie si tu hésites autant à commettre de mauvaises actions ?

En tout cas, Anne-Fleur avait pris sa décision. Dès qu'elle m'a vu, elle m'a entraîné à l'écart.

– Je suis d'accord, Raymond.

– Je m'appelle RZSQSODIUFQSX.

Parce que, quand même, il ne fallait pas qu'elle se sente trop à l'aise. Elle s'est excusée puis a répété qu'elle était d'accord pour faire le mal.

– Parfait, parfait ! Quel est ton projet ? me suis-je renseigné.

Elle a lancé de prudents coups d'œil à droite et à gauche, comme pour s'assurer que personne ne risquait d'entendre les horreurs qu'elle s'apprêtait à prononcer. Puis elle m'a révélé son plan.

– Maman possède une paire de boucles d'oreilles qu'elle adore. C'est papa qui les lui a offertes.

– Oui, et ?

– Je pensais les lui prendre. Je sais où elle les range.

– C'est un début. Et après ? Tu les jettes dans l'égout ?

– Pas du tout ! Quelle horreur ! Je les cache pendant un jour ou deux, puis je les remets à leur place. C'est très cruel, non ?

Je me suis frotté les joues, déjà épuisé. Même armée des pires intentions du monde, Anne-Fleur ne pouvait rien imaginer de plus méchant que de faire croire à sa mère pendant vingt-quatre heures qu'elle avait égaré ses bijoux. À supposer même que celle-ci s'aperçoive de leur disparition.

– Non, Anne-Fleur, non. Ça ne va pas suffire.

– Ah bon ? Mais qu'est-ce que je dois faire, alors ?

– Je passerai te prendre chez toi à minuit. Tiens-toi prête.

vendredi

Je me suis donc matérialisé dans sa chambre à minuit précis. C'est une heure qui fait peur aux humains et qui s'accorde bien, selon eux, avec les événements surnaturels et les créatures démoniaques. Personnellement, je suis plus en forme à trois heures de l'après-midi, mais il ne fallait pas qu'Anne-Fleur cesse de me prendre au sérieux. J'avais repéré, dans sa bibliothèque, nombre de volumes un peu niais racontant des histoires d'enfants magiciens, de monstres, de licornes et autres êtres folkloriques. Je ne voulais pas trop détonner. Je lui ai donc refait le coup du nuage de flammes, agrémenté de quelques étincelles violettes et d'une affreuse odeur de soufre, plutôt réaliste, évoquant un chargement de choux-fleurs en décomposition. Je pense qu'elle a bien apprécié.

– Tu es prête ? ai-je demandé d'une voix d'outre-tombe.

– Je… je crois.

– Alors accroche-toi.

Je l'ai prise par la main et nous nous sommes envolés par la fenêtre. J'avais décidé que le plus simple était de retourner à l'école, afin d'y semer la zizanie. Quelque chose d'efficace : fracasser les vitres, peindre des horreurs sur les murs (en écrire, aussi), renverser les poubelles. Il me semblait que, pour une première incursion dans le monde du mal, ce serait déjà bien.

Naturellement, j'aurais pu nous téléporter directement dans les locaux de l'école, mais j'ai préféré prendre mon temps et, comme nous l'avions fait l'après-midi, survoler la ville, la campagne environnante, nous laisser bercer par les courants ascendants, saluer les hiboux, frôler les toits et les antennes. Nous sommes même entrés dans la cathédrale, histoire de rigoler un peu, afin d'observer de plus près les sculptures de pierre cachées dans les renfoncements, au sommet des colonnes, parmi lesquelles figuraient bon nombre de démons en farandoles, d'humains déchaînés et d'animaux de toute sorte. Anne-Fleur était subjuguée. Sans me vanter, ce n'est pas Brian qui pourra lui procurer des sensations aussi fortes, mais passons.

Je tenais Anne-Fleur par la main. Au bout d'un moment, elle a pris goût à ces acrobaties nocturnes, elle tendait les bras en avant, façon Superwoman, ou les écartait, tel un planeur. Une ou deux fois, je l'ai lâchée avant de la rattraper, et elle a poussé des cris ravis.

Enfin, craignant de perdre de vue l'objectif de ma mission, je nous ai conduits à l'école. Après avoir magiquement traversé le toit, nous nous sommes retrouvés dans la classe vide et sombre.

C'était bizarre d'être ici à une heure pareille,

sans personne. Tout était différent, nimbé de nuit, les piles de cahiers, les affiches au mur montrant des organes, des pays, des formes géométriques, la longue règle jaune de la maîtresse suspendue à un clou, les dessins hideux des élèves (encore plus hideux dans la pénombre), les tables bien alignées, les grandes fenêtres donnant sur la cour déserte où s'agitaient, dans la brise noire, les branches mélancoliques du marronnier.

– Vas-y, ai-je dit. Détruis tout.

Anne-Fleur était un peu intimidée.

– Tu es sûr que c'est nécessaire ?

– À toi de voir. Sinon, je resterai un affreux démon pour l'éternité. Il te suffit, pour faire de moi un ange radieux avec, euh, de magnifiques ailes blanches, un sourire crétin et une auréole dernier cri, de te lâcher un peu. Profites-en, pour une fois ! Personne ne soupçonnera jamais que c'est toi.

– Tu… tu ne veux pas m'aider ?

– Non. C'est toi et toi seule qui dois agir.

Alors, en soupirant, elle s'est emparée d'un

cahier au hasard (c'était celui de Nathan, son cahier de contrôles) et, d'une main hésitante, en a déchiré la page de garde. Aussitôt, ses yeux se sont emplis de larmes.

– Oh, mon Dieu, qu'est-ce que j'ai fait ?

Assis en tailleur sur le bureau de la maîtresse, j'ai contenu mon impatience.

– Tu as déchiré un bout de papier.

– Mais... mais il ne m'avait rien fait, ce cahier !

Bon sang, ce ne serait pas facile. Il y a des gens qui ne sont vraiment pas doués pour le vice.

– Allez, Anne-Fleur, du courage ! Au bout d'un moment, tu auras l'impression d'avoir fait ça toute sa vie.

En serrant les dents, elle a arraché le coin d'une autre page. Elle paraissait souffrir autant que si elle se lacérait le ventre à coups de couteau.

– Pauvre Nathan, gémissait-elle. Déjà qu'il est si petit !

À ce rythme, on risquait de passer la nuit sur ce fichu cahier. Il restait tout le reste de l'école à saccager. J'ai tendu un gros bidon de peinture à Anne-Fleur. Une atroce substance jaune qui servait à faire des soleils dodus dans d'affreux ciels barbouillés d'un horrible bleu.

– Vas-y, vide ce truc, mets-en partout. Ce sera un début. Après, je te propose de renverser les tables. Il y a aussi des stocks de trombones et d'attaches parisiennes dans les tiroirs. Je te suggère de les répandre dans les flaques de peinture.

Elle a hoché la tête docilement, et a commencé à essayer de déboucher le bidon, mais ce n'était pas facile. Il était neuf. Elle s'est emparée d'une grosse paire de ciseaux pour voir si elle ne pourrait pas le perforer, la lame a ripé, et elle s'est égratigné un doigt.

– Aïe ! a-t-elle couiné en le portant à ses lèvres.

Je sentais le découragement me gagner. Comme j'ouvrais la bouche pour m'efforcer de la remotiver, elle m'a fait signe de me taire et a tendu l'oreille, attentivement.

– Tu n'entends pas quelque chose ?

J'ai écouté. Si, oui, effectivement, j'entendais quelque chose. Quelque chose de parfaitement reconnaissable. De lointains miaulements.

– Un chat ! s'est exclamée Anne-Fleur. Il appelle au secours !

Sans la moindre hésitation, elle est partie en courant et m'a planté là, seul comme un bouddha idiot trônant sur le bureau. En ronchonnant, je l'ai suivie. Que faire d'autre ?

Nous avons parcouru les couloirs déserts au pas de course. Bien sûr, j'aurais pu sans problème lui faire traverser les murs et la mener directement à l'animal en détresse, mais je ne voulais pas lui faciliter la tâche.

Mais, à mesure que nous nous rapprochions de l'endroit d'où provenaient les miaulements, un nouvel élément s'est ajouté au tableau. Un élément important. Anne-Fleur s'est arrêtée net.

– Tu sens ?

Oui, naturellement, je sentais. Le plastique brûlé. La fumée. Un parfum délicieux, reconnaissable entre tous. Il émanait de quelque part, au bout du long couloir qui menait au gymnase.

– Il y a un incendie dans l'école ! a crié Anne-Fleur, épouvantée.

Mais, au lieu de prendre la fuite, elle s'est remise à courir. Vers la salle de sport.

– Qu'est-ce que tu fais ? ai-je demandé, inquiet.

Mon projet était de lui faire commettre quelques dégradations dans les locaux, pas de la cuire façon merguez. J'ai trotté à sa suite. Évidemment, la porte du gymnase était verrouillée.

– Ouvre-la vite ! m'a-t-elle intimé. Le chat est à l'intérieur !

– Mais justement, ai-je plaidé, c'est parfait, ça. Si tu laisses griller ce chat, je décroche mon diplôme d'ange ! Un peu de courage ! Ça, c'est une mauvaise action. Une vraie ! Bien lâche, bien cruelle ! Pire que de déchirer un cahier.

Là, petit lecteur, attention. Le passage qui va

suivre risque de te faire vraiment peur. Même moi, en repensant à ce qui s'est passé, j'en ai des sueurs froides.

Anne-Fleur s'est immobilisée quelques secondes, puis elle s'est tournée vers moi, lentement, un peu comme dans les films d'horreur que tu regardes en cachette de tes parents. (Ne nie pas, je te surveille !) Ses yeux étincelaient. Elle a fait un pas, puis un autre, jusqu'à ce que nos visages se frôlent.

– Qu'est-ce que tu as dit ? a-t-elle demandé d'une voix sourde, une voix de gorge que je ne lui connaissais pas.

– Je... J'ai dit que, si le chat que nous entendons miauler est effectivement prisonnier dans ce gymnase, tu dois le laisser brûler, parce que...

Elle a empoigné le col de mon tee-shirt avec une telle vigueur qu'il s'est déchiré sur trois bons centimètres. C'est le problème, avec ces vêtements que les adultes riches font fabriquer par des enfants pauvres, en Asie. Le principe est ingénieux, mais la qualité n'est pas toujours au rendez-vous.

– Écoute-moi bien, espèce de minable, a-t-elle proféré. Tu déverrouilles cette porte *tout de suite*, sinon, à côté de ce que je vais te faire subir, les supplices de l'Enfer ressembleront à un séjour en thalasso.

J'ai obéi, j'avoue. Un démon n'est pas de taille à lutter contre une fille qui veut sauver un chat.

La porte s'est ouverte, avec un claquement. À l'intérieur, le spectacle était réjouissant : de hautes flammes dégageant une répugnante fumée noire dévoraient un tas de tapis de sol et avaient déjà commencé de noircir la poutre sur laquelle se tenait un vieux matou épouvanté.

Pour un humain, bien sûr, cette situation paraissait confuse, mais mon œil de démon m'a tout de suite permis de comprendre ce qui s'était passé. J'ai *vu* la scène, comme dans un flash-back de cinéma : Catherine de Midi-Six était aussi chargée de faire le ménage dans le gymnase. À la fin de sa journée, pour se remonter le moral, elle avait allumé une cigarette dans les locaux (ce qui est encore plus interdit que dans la cour), et une braise minuscule avait voleté jusque sur le tas de tapis.

Bien sûr, cette braise aurait pu s'éteindre. J'imagine que ce n'était pas la première fois que ça se produisait. Elle avait dû en fumer des centaines, la Catherine, des clopes, bien tranquille dans son gymnase. Mais aujourd'hui, coup de chance, le feu avait pris. Il avait commencé à consumer insidieusement les tapis, tout doucement d'abord. Il avait couvé, comme une poule. Et puis il avait fini par faire éclore un bel incendie.

Quant au chat, c'était celui que j'avais vu pénétrer dans les locaux, par la fenêtre qui ne ferme plus, le jour où j'ai rattrapé Anne-Fleur. Apparemment, il venait souvent passer la nuit sur la poutre, dans le gymnase débarrassé des gosses. Peut-être même que la douce chaleur du feu en train de prendre lui avait permis de s'endormir voluptueusement.

Mais, maintenant, il poussait d'horribles braillements, coincé sur la pièce de bois qu'il parcourait de long en large, de plus en plus vite. Les flammes affamées montaient vers son appétissant poil. Un très beau spectacle. Aucune issue possible pour la pauvre bête. Le cercle flamboyant était trop large pour qu'il le franchisse d'un bond.

Anne-Fleur s'est ruée.

Que pouvait-elle faire, la pauvre ? Traverser les tapis incandescents pour attraper le félin que la terreur transformait en fauve ? Délicat.

Au moins, me suis-je dit, je n'ai pas complètement perdu ma soirée. D'accord, je n'ai pas encore trouvé le moyen de débaucher la petite, mais nous allons passer un moment amusant.

Je me suis assis par terre et j'ai contemplé les sautillements désespérés d'Anne-Fleur.

Très vite, elle s'est rendue à l'évidence : elle n'y arriverait pas. Alors elle s'est tournée vers moi.

– Raymond ! Fais quelque chose !

– Moi ? ai-je demandé, surpris. Mais, Anne-Fleur, je te rappelle que je suis un démon. Et que je ne m'appelle pas Raymond. Ce serait bien que tu mémorises mon vrai prénom. C'est pénible, à force.

À ma grande surprise, elle s'est jetée à genoux. Nous étions tous les deux par terre, dans ce parfum d'apocalypse, bercés par les vagissements du chat. C'était très romantique.

– S'il te plaît. Fais-le pour moi !

– Et pourquoi veux-tu que je fasse quelque chose pour toi ? Tu n'as même pas été fichue de déchirer un cahier pour me rendre service.

– Je t'en supplie, Raymond. Je sais très bien qu'au fond tu es quelqu'un de bien.

Alors ça, c'était la meilleure ! Quelqu'un de bien ! Moi ! J'ai essayé de rire, mais ça sonnait faux. Anne-Fleur avait rivé ses yeux dans les miens. Elle me serrait la main de toutes ses forces.

– S'il te plaît, Raymond, éteins ce feu. Sauve ce chat.

Ensuite, je ne sais pas bien comment les choses se sont enchaînées. Tout est devenu un peu flou, à cause des grands yeux d'Anne-Fleur, qui ne me lâchaient pas.

J'ai déversé (comme l'autre soir sur Brian) quelques litres d'eau glacée sur les flammes, qui se sont éteintes.

J'ai séché le chat (Anne-Fleur l'a aussitôt serré dans ses bras, où il a cessé de trembler).

Mais je ne me suis pas arrêté là, non. Pas du tout. Je suis forcé de le reconnaître, je suis allé beaucoup plus loin. Je crois qu'en fait j'obéissais à Anne-Fleur qui me parlait doucement, dans le creux de l'oreille, en caressant le matou.

– Il faut réparer les dégâts, sinon Catherine sera renvoyée, cette fois.

J'ai réparé les dégâts. Les traces de suie ont disparu, les tapis ont repris leur couleur naturelle de vache délavée et leur parfum de chaussette sale.

– Ça ne suffit pas, Raymond, parce que Catherine va recommencer. Tu dois trouver un moyen de lui faire arrêter de fumer.

– Je ne m'appelle pas Raymond.

– Et aussi, ce serait gentil de réparer le cahier de Nathan. Il est si soigneux. Ça lui ferait une peine terrible de le découvrir abîmé.

J'ai réparé le cahier de Nathan.

Ensuite, j'ai raccompagné Anne-Fleur chez elle. Elle a voulu garder le chat. Ils dorment tous les deux dans son lit.

Moi, je note les événements de la nuit.

Demain, quand Catherine de Midi-Six embouchera sa première cigarette, elle aura la sensation de téter une crotte de chien. La deuxième aura un parfum de vomi de hamster.

À la troisième, elle arrêtera définitivement de fumer.

Mon échec est total.

Tais-toi, petit lecteur. Tes commentaires ne m'intéressent pas. Dors, maintenant, sinon j'envoie un serpent sous ton lit.

nuit noire

– Alors, RZSQSODIUFQSX ? Vous êtes content ?

Le chef, visiblement, ne l'était pas. Il paraissait même très énervé et, pour se déstresser, malaxait les bourrelets de la vieille dame qui dormait profondément en rêvant que son chat, mort depuis des années, lui marchait sur le ventre.

– Non, chef, bien sûr que je ne suis pas content. J'ai tout raté. Je suis un minable, un nul, un zéro. Je vais rester démon pour enfants toute ma vie.

Souvent, c'est utile de se déprécier, quand votre chef vous passe un savon. Si on se défend, il vous enfonce encore plus. Mais là, ça n'a pas marché. Il m'a enfoncé quand même.

Il a arrêté de pétrir la dame et s'est mis à compter, sur les dix-sept doigts de sa grande main.

– Premièrement, vous révélez *à une humaine* que vous êtes un démon.

– Mais vous m'avez dit que tous les moyens étaient bons ! Que je devais prendre des initiatives !

– Taisez-vous, RZSQSODIUFQSX !

Quand il crie comme ça et se transforme en un genre de truc situé quelque part entre le brontosaure et le rappeur, je dois reconnaître qu'il est impressionnant. Je me suis tu. Il a repris sa forme de chef et a recommencé à énumérer, sur ses doigts.

– Deuxièmement, vous sauvez un chat d'un incendie, troisièmement, vous éteignez cet incendie, quatrièmement vous aidez une femme à arrêter de fumer. Je pensais que vous plaisantiez, l'autre jour, quand vous disiez que vous risquiez de devenir le bienfaiteur de l'humanité. Qu'est-ce que ce sera, après, votre programme ? Vous comptez vous attaquer à la faim dans le monde ?

« Peut-être, ai-je pensé avec désespoir. Si Anne-Fleur me le demandait… »

J'ai eu tort, parce que mes pensées, justement, mon chef les lisait sans problème.

– Parlons-en, de cette fille ! Non seulement vous êtes tombé amoureux d'elle, mais vous

vous êtes *sacrifié* au profit de cet imbécile de Brian.

– Il est moins bête qu'il en a l'air.

– Je vous en prie, RZSQSODIUFQSX, défendez-le, tant que vous y êtes !

J'ai baissé la tête. Il n'y avait pas grand-chose à répondre.

– Normalement, a repris le chef, je devrais vous infliger la pire des punitions. Celle que vous connaissez. Vous enfermer dans ce corps d'humain et vous retirer tous vos pouvoirs. Mais vous vous êtes arrêté à temps. Vous n'avez pas *explicitement* avoué votre amour à Anne-Fleur. Et puis, votre bilan joue en votre faveur. Avant elle, vous n'aviez jamais échoué. J'ai donc décidé de m'en tenir à une sanction plus indulgente.

Il a laissé passer un peu de temps, pour ménager son effet. La vieille dame a baragouiné quelque chose dans son sommeil. Le nom de son chat, je pense.

– Mais je vous préviens, a-t-il continué, ça ne va pas vous plaire.

J'ai commencé à me sentir très mal. Les chefs ont souvent du talent pour imaginer des sanctions originales. Qu'est-ce qu'il avait bien pu me concocter ? J'ai tenté de me rassurer en me disant qu'il ne pouvait guère trouver pire que ce qu'il m'avait déjà imposé : influencer Anne-Fleur.

Sauf que, bien sûr que si, il a trouvé pire.

– Puisque vous semblez prendre un certain plaisir à aider les humains, je vous condamne à accomplir de BONNES ACTIONS. Vous allez vous mettre à leur service, régler leurs problèmes, les consoler, les tirer des mauvais pas où ils adorent se fourrer.

J'ai senti que je pâlissais.

– Vous… vous plaisantez, chef?

– Absolument pas.

– Condamner un démon à faire le bien, c'est l'humiliation suprême !

– Ne dramatisez pas. Cela ne durera même pas une éternité.

– Combien de temps, chef?

– Aussi longtemps que je le désirerai.

– Je ne sais pas faire le bien, chef! Pitié, chef!

– Au contraire, je me demande si vous n'avez pas la vocation. Vous n'arrêtez pas de dépanner tout le monde.

– Et… et mon corps de Raymond? Qu'est-ce que j'en fais?

– Vous le gardez tant que vous êtes puni. Et vous restez chez Raoul et Marguerite. Bonne nuit, RZSQSODIUFQSX.

épilogue provisoire

Mon histoire n'est pas très glorieuse. Elle n'est même pas finie. Je crains qu'elle ne fasse que commencer.

Je suis revenu dans ma chambre de jeune homme. Brian, Raoul et Marguerite ronflent. C'est encore la nuit, mais une légère blancheur se dépose sur les toits de la ville, que je contemple mélancoliquement par la fenêtre. L'aube approche.

Tout à l'heure, je vais retrouver Anne-Fleur.

Dois-je lui annoncer qu'elle a gagné ? Le pire, c'est que j'aurai besoin d'elle. Elle saura sûrement me donner des tas d'idées et de conseils pour ma nouvelle mission.

Et toi, petit lecteur, que penses-tu de tout ça ?

Que ferais-tu à ma place ? Si tu pouvais utiliser tous mes pouvoirs pour rendre les gens heureux ?

Quoi ? Que dis-tu ? Je t'entends mal.

Tu es sûr ? Vraiment ?

Après tout, au point où j'en suis… D'accord. Tu as raison, le jour se lève, c'est le moment.

Alors, sur tes conseils, je me concentre. Puis, sur un joli plateau, je fais apparaître un bol de chocolat chaud fumant bien sucré, quatre croissants au beurre, six pains au chocolat, de la confiture de fraise, du miel, du beurre salé, de la pâte à tartiner aux noisettes, une orange pressée, des céréales, ainsi que la dernière version du jeu vidéo *Massacre au fond des égouts.*

Et je frappe doucement à la porte de Brian.